Frank Fischer · Michael Jahnke

Robinson & Sonntag

FRANK FISCHER · MICHAEL JAHNKE

Robinson & Sonntag

und das Geheimnis der Stille

40 Tage
GOTT ERLEBEN

SCM R.Brockhaus

bibellesebund

Eine Koproduktion des Bibellesebundes, Marienheide,
mit SCM R.Brockhaus im SCM-Verlag GmbH & Co. KG, Witten

Umschlaggestaltung & Satz: Provinzglück GmbH, Gladenbach
Illustrationen: Sven Gerhardt, Gladenbach
Druck: CPI – Ebner & Spiegel, Ulm

ISBN 978-3-417-26181-3
Bestell-Nr. 226.181 (SCM R.Brockhaus)

ISBN 978-3-87982-362-8
Bestell-Nr. 3315 (Bibellesebund)

Inhalt

Bevor die Geschichte losgeht

Wenn du Robinson und Sondra fragen würdest, wie du ihre Geschichte am besten lesen sollst, würde Sondra grinsen und sagen: „Von links nach rechts und von oben nach unten.“ Andersrum wäre es tatsächlich schwierig. Das geht ja schon beim Titel des Buches los:

ellitS red sinmieheG sad dnu gatnnoS dnu nosniboR

Kann ja keiner lesen.

Und Robinson würde sagen: „Du musst dir einen Baum in einem kleinen Park neben einer alten Papierfabrik suchen und bis ganz oben in den Wipfel klettern.“

„Es könnte auch in einem Hängesessel klappen“, würde Sondra nachdenklich murmeln. „In dem man schön schaukeln kann.“

„Oder an anderen Orten, an denen man zwei Hände voll Ruhe zum Lesen und Nachdenken hat“, würde Robinson hinzufügen. „Die Geschichte hat es nämlich in sich.“

Und weil es in der Geschichte ganz schön zur Sache geht, findest du am Ende jedes Abschnitts einige Fragen, die dir beim Nachdenken gute Dienste leisten können. Kannst du mitlesen, musst du aber nicht.

„Und jeden Tag nur einen Abschnitt!“, würde Robinson dir noch raten. „Ist auf jeden Fall besser, wenn deine Eltern mitlesen. Die machen sonst schlapp.“

Sondra würde ihn komisch von der Seite angucken und sagen: „Quatsch! Wenn die Geschichte im Bauch kribbelt, kannst du lesen, bis die Augen tränen.“

Auch gut.

Na, dann mal los.

Du musst ja rauskriegen, warum Sondra Sonntag heißt und

was der Baum im Park mit der ganzen Angelegenheit zu tun hat. Und was in dem Brief steht, den Sondra auf ihrem Schreibtisch findet. Ohne den Brief wäre die ganze Geschichte nämlich gar nicht passiert.

1. Ein unerwarteter Brief und die Bank unter dem Baum

(Freitag, 12.02., Mittag)

Sondra saß in ihrem Hängesessel und schaukelte hin und her. Wieder und wieder drehte sie das Blatt Papier zwischen ihren Fingern. Es stand nur ein einziger Satz darauf. Als sie vorhin aus der Schule gekommen war, hatte sie den Brief zwischen dem Stifteköcher und ihrer kleinen, hölzernen Schatztruhe auf ihrem Schreibtisch gefunden. Dort stellte ihre Mutter die Briefe immer hin, wenn Sondra welche bekam. Häufig war das nicht der Fall. Zwanzig Briefe hatte sie bekommen, seit sie lesen konnte. Zu jedem Geburtstag und immer zu Weihnachten jeweils einen Brief von Oma Pfalz und einen von Tante Daniela aus Zwickau. Mit dem Brief heute waren es einundzwanzig. Der eine Satz auf dem Blatt Papier war mit der Hand geschrieben. Der letzte Buchstabe war ein K und hatte einen kleinen Schnörkel. Und der Punkt dahinter war verschmiert. Sondra atmete tief ein, zog die Augenbrauen hoch und hielt die Luft an. Das machte sie immer, wenn sie angestrengt nachdachte.

„Schnurzschnodder“, murmelte sie schließlich und atmete wieder aus. Dann stieß sie sich mit den Füßen so heftig ab, dass sie mit dem Rücken in das Bücherregal schaukelte. Die Pferdebücher vom obersten Regalbrett krachten auf den Hocker, den Sondra als Nachttisch nutzte, und rissen den alten Wecker mit zu Boden. Sondra zuckte zusammen, als er schrill klingelte.

„Sondra? Mittagessen ist fertig!“ Beinahe hätte Sondra ihre Mutter bei dem Lärm nicht gehört. Sie sprang aus dem Hängesessel und gab dem Wecker einen Tritt. Er schoss unter dem Bett hindurch an die Wand, und aus dem Klingeln wurde ein heiseres Scheppern.

„Komme sofort!", rief Sondra, schob das Blatt Papier zurück in den Briefumschlag, faltete ihn und steckte ihn in die Hosentasche. Dann riss sie die Tür zum Flur auf.

„Hast du keinen Hunger?", fragte Sondras Mutter.

„Wieso?", wollte Sondra wissen und schaute auf.

„Du hast ja keine drei Bissen gegessen", stellte ihre Mutter fest.

Sondra schob den Teller ein Stück weiter auf den Tisch. Die Spaghetti mit Fleischbällchen in Tomatensoße sahen so aus, als hätte Sondra sie nicht einmal probiert.

„Geht es dir nicht gut?", wollte ihre Mutter wissen.

„Nix ist!", sagte Sondra.

„Hattest du Stress in der Schule?"

„Nein!", sagte Sondra.

„Hast du dich mit Anna gestritten?"

„Auch nicht!", sagte Sondra.

„Ist es wegen deines Geburtstags am Sonntag?"

„Nein!", sagte Sondra.

„Was ist denn dann los mit dir?", fragte ihre Mutter ungeduldig.

Sondra sprang plötzlich auf, sodass der Stuhl nach hinten umkippte und die Lehne auf den Boden schlug.

„Ist es wegen des Briefes?", wollte ihre Mutter wissen.

Sondra riss ihre Winterjacke vom Garderobenhaken und zog die Tür zum Treppenhaus auf. „Es ist nix!", sagte sie laut. „Ich will nur meine Ruhe haben!"

„Wo willst du denn hin?", rief ihre Mutter. „Es schneit doch wie am Spieß!"

Sondra hetzte die Stufen hinunter. Unten angekommen drückte sie die Haustür auf und trat auf die Straße. Dicke Schneeflocken wirbelten vom Himmel und puderten den Gehweg ein.

Sie zog die Kapuze über die Haare, steckte die Hände tief in die Jackentaschen und rannte los.

Reifen quietschten. Wildes Hupen ertönte. Vor Schreck blieb Sondra plötzlich wie angewurzelt stehen. Ein Auto schlidderte auf sie zu. Kurz vor Sondras Füßen kam der Wagen gerade noch rechtzeitig zum Stehen. Der Fahrer riss die Tür auf und brüllte los. Sondra verstand nur die Worte „verrückt“ und „aufpassen“.

Erst jetzt bemerkte sie, wo sie war. Sie stand mitten auf der Straße zwischen ihrer Schule und dem kleinen Park neben der verfallenen Papierfabrik. Langsam trottete sie zum alten Eisentor. Der Fahrer schimpfte immer noch. Sondra war es egal. Wenig später knallte die Autotür, der Motor heulte auf und der Wagen verschwand in Richtung Marktplatz. Sondra atmete tief ein und schaute sich um. Nur eine einzelne Fußspur führte vor ihr auf dem Weg in den Park hinein. Daneben waren die Abdrücke von Hundepfoten zu sehen. Sondra rümpfte die Nase, als sie neben den Hundespuren ein gelbliches Loch im Schnee entdeckte. Nach ein paar Dutzend Schritten bogen die Fußspuren nach links ab und liefen auf das zweite Tor zu, das auf den Parkplatz vom neuen Schwimmbad führte. Sondra schaute in die andere Richtung und entdeckte ein paar knorrige Baumstämme. Unter einem der Bäume stand eine Bank.

Sondra ging auf sie zu. Die fingerdicke Schneedecke auf dem Boden war noch unberührt. Keine andere Fußspur führte zur Bank. Da der dicke Ast über der Sitzfläche die Schneeflocken abhielt, schimmerte das rot lackierte Holz durch die feine Schneeschicht hindurch. Sondra wischte sich ein Plätzchen frei, zog die Winterjacke, so weit es ging, nach unten über ihren Po und kauerte sich auf die Bankkante. Dann atmete sie ein, hielt die Luft an und lauschte. Die Geräusche von der Straße hinter der Hecke waren wie in Watte gepackt. Ansonsten war es still.

Nur die Worte in ihrem Kopf waren nicht still. Sie sagten immerzu den einen Satz von dem Blatt Papier, das sie in dem

Umschlag gefunden hatte. Sondra flüsterte die Worte so leise vor sich hin, dass sie sie selber nicht hören konnte. Dann sagte sie laut: „Dein K., mit einem Schnörkel und einem Schmierpunkt dran."

Für die Zeit auf deinem Ast

Hast du auch manchmal das Gefühl, dass es zu laut um dich herum wird, und du nur noch deine Ruhe haben willst?
Wann geht es dir so?
Was machst du dann?

2. Der Junge im Wipfel und der Blick in den Himmel

(Freitag, 12.02., Nachmittag)

Eine ganze Weile lang saß Sondra nur auf der Kante der Bank unter dem Baum und atmete kleine Wolken aus. Plötzlich knackte es einmal, zweimal ganz leise. Sondra wischte die blonde Haarsträhne beiseite, die unter der Kapuze herausgerutscht war, und schaute sich um. Nichts war zu sehen, nur ein leerer Park und viel Schnee.

„Hallo!", sagte eine Stimme über ihr.

Sondra zuckte zusammen und sah erschrocken nach oben. Der dicke Ast direkt über der Bank versperrte ihr die Sicht. Sondra sprang auf und machte hastig ein paar Schritte zur Seite.

Im Baumwipfel war ein Junge. Er konnte nicht viel älter als

Sondra sein. Rittlings saß er auf einem dicken Ast, lehnte mit dem Rücken am Baumstamm und stemmte seine Füße, die in gelben Gummistiefeln steckten, in die Astgabel vor ihm. Mit der einen Hand stützte er sich an einem Ast ab, mit der anderen hielt er sich einen großen, regenbogenfarbenen Regenschirm über den Kopf.

„Was machst du da?", fragte Sondra.

„Ich sitze hier", sagte der Junge.

„Das sehe ich", meinte Sondra und zog die Augenbrauen hoch. Sie musste kichern. „Findest du es nicht komisch, mit einem Regenschirm auf einem Baum zu sitzen?"

„Es schneit doch", stellte der Junge fest und grinste Sondra an. „Und was machst du hier? Findest du es nicht komisch, auf einer Bank unter dem Baum zu sitzen und dich vollschneien zu lassen?"

Sondra musste wieder kichern. Dann dachte sie an den Brief in ihrer Tasche. „Nein", sagte sie leise. „Komisch ist das nicht. Aber ziemlich seltsam."

Für einen Moment war es ganz still.

„Ich musste mal raus", sagte Sondra. „Es war so eng bei mir zu Hause."

Der Junge oben im Baum nickte. „Das kenne ich", sagte er. „Willst du raufkommen?", fragte er dann.

„Klar!", meinte Sondra.

„Du musst auf die Lehne steigen und dann auf den dicken unteren Ast und dann ...", erklärte der Junge, aber Sondra unterbrach ihn.

„Ich schaffe das schon alleine", sagte sie entschlossen. „Das ist nicht der erste Baum, auf den ich klettere."
Sondra stieg auf die Bank und fasste nach dem dicken unteren Ast. Dann trat sie mit einem Fuß auf die Lehne, griff nach dem nächsten Ast und zog sich hoch. „Das geht leicht", dachte Sondra. Auch die nächsten paar Äste waren kein Problem. Fast war sie bei dem Jungen angekommen. Sondra streckte sich nach dem Ast über ihr aus und versuchte sich hochzuziehen. Doch ihr Fuß fand keinen Halt. Der Schnee pappte am

Stamm und auf dem Ast, auf den Sondra steigen wollte, und sie rutschte immer wieder weg. Sie keuchte und riss die Augen auf. Ihre Finger waren schon so kalt geworden, dass sie sich kaum noch festhalten konnte. Verzweifelt versuchte sie, mit dem Fuß Halt zu finden. Als Sondra merkte, dass ihre Finger langsam vom Ast rutschten, japste sie: „Ich kann nicht …“, und machte die Augen zu.

Dann merkte sie, dass jemand nach ihrer Hand griff und sie mit einem Ruck nach oben zog. Sondra öffnete die Augen und suchte wieder mit ihrem Fuß nach Halt. Sie drückte sich hoch, umklammerte den Baumstamm und schaute den Jungen an. Er war aufgesprungen und hatte ihr geholfen. Sein Regenschirm baumelte jetzt einige Äste tiefer an einem Zweig.

„Das war knapp“, meinte der Junge.

Sondra sagte nichts. Ihr Herz klopfe wie wild und sie musste immer wieder tief Luft holen.

„Wenn du um den Baumstamm rumkommst, kannst du auf meinem Ast sitzen. Der hält uns beide aus“, versicherte der Junge.

Vorsichtig balancierte Sondra um den Baumstamm herum und setzte sich zu dem Jungen auf den breiten Ast.

„Sitzt sich gut hier“, grinste sie. „Und dein Regenschirm?“

„Den hole ich nachher“, meinte der Junge. „Es hat sowieso aufgehört zu schneien.“

„Habe ich gar nicht gemerkt“, meinte Sondra verwundert. Die ganze Zeit hatte sie auf die Äste, den Baumstamm und ihre Hände und Füße geschaut.

Durch die nackten Zweige hindurch konnte Sondra weit über den kleinen Park und über die Stadt hinaus bis zum Horizont schauen. Die weiß beschneiten Felder und Wiesen erstreckten sich, so weit Sondras Augen reichten. Ein paar Kirchtürme ragten aus dem feinen Dunst, der über dem Land hing. Weit hinten schoben sich die Schneewolken auseinander und der blaue Himmel wurde sichtbar. Ein paar Sonnenstrahlen schienen aus dem Blau und tanzten über die weißen Felder immer näher auf den Park zu. Sondra atmete tief ein.

„Ist das schön!“, flüsterte sie andächtig in die Stille.

„Ja“, murmelte der Junge. „Von hier aus kann man bis in den Himmel schauen.“

Sondra sagte nichts. Sie schaute in die Weite. Ein paar Vögel flogen aus den Bäumen auf. Ein Flugzeug zog eine dünne, weiße Wolkenspur über die blauen Flecken am Himmel und verschwand dann wieder in den Wolken.

„Sitzt du deshalb hier?“, fragte sie nach einer Weile. „Weil du die Flugzeuge und die Vögel am Himmel beobachten kannst? Wo ist dein Fernglas?“

„Nein“, sagte der Junge und schüttelte den Kopf. „Ich sitze hier, weil ich von hier aus in den Himmel gucken kann. Dazu brauche ich kein Fernglas.“

„Wie meinst du das?“, wollte Sondra verwundert wissen. „Wenn du nichts am Himmel beobachtest, was schaust du dir dann an?“

„Na ja“, sagte der Junge langsam. „Vielleicht hältst du mich ja für meschugge. Aber wenn ich hier sitze, schaue ich in den Himmel und sehe Gott.“

„Stimmt“, sagte Sondra. „Ich halte dich für meschugge.“

Für die Zeit auf deinem Ast

Hast du schon einmal weiter als bis zum Horizont schauen können?
Hältst du den Jungen auch für meschugge?
Was meint der Junge, wenn er sagt, dass er bis in den Himmel schauen kann?

3. Zwei komische Namen und das Hören in die Stille

(Freitag, 12.02., Nachmittag)

„Könnte sein, dass ich wirklich ein bisschen meschugge bin“, sagte der Junge und grinste. „Ich glaube aber nicht. Ich halte mich für ziemlich gewöhnlich.“

Sondra sagte nichts. Sie schaute den Jungen an, der neben ihr auf dem Ast saß. Er trug gelbe Gummistiefel. Der regenbogenfarbenene Regenschirm, den er vorhin noch in der Hand gehalten hatte, hing immer noch einige Äste tiefer an einem Zweig.

„Du siehst wirklich ziemlich gewöhnlich aus“, stellte sie nach einer Weile fest. „Aber das mit dem in den Himmel gucken ist echt komisch.“

Der Junge winkte ab. „Wie heißt du eigentlich?“

„Sondra“, sagte Sondra.

„Wie?“, fragte der Junge nach.

„S-o-n-d-r-a“, buchstabierte Sondra. „Sondra eben.“

„Das ist mal ein seltsamer Name“, stellte der Junge fest. „Den habe ich ja noch nie gehört.“

„Doch“, sagte Sondra und grinste. „Gerade eben, und sogar dreimal.“

Der Junge grinste zurück. „Aber vorher noch nicht.“

„Ich habe mir meinen Namen nicht ausgesucht“, meinte Sondra. „Den hat mir meine Mutter gegeben. Ich finde es cool, einen Namen zu haben, den sonst niemand hat.“

Der Junge nickte. „Ich heiße Robin“, sagte er dann. „Aber alle nennen mich Robinson.“

„Robinson?“ Sondra zog die Augenbrauen hoch.

„So heißt der Typ in einer Geschichte. Der ist als Schiffbrüchiger auf einer einsamen Insel gestrandet und hat da ein paar Jahre gelebt."

„Ich glaube, das habe ich mal im Fernsehen gesehen", überlegte Sondra. „Hatte der nicht auch einen Freund mit auf der Insel?"

„Genau", sagte Robinson. „Das war aber einer von den Eingeborenen. Der sollte ein leckeres Mittagessen für eine Horde von Menschenfressern werden, und Robinson hat ihn gerettet. Aus Dankbarkeit ist der Eingeborene als sein Diener bei ihm geblieben. Robinson hat ihn Freitag genannt."

„Ach ja", kicherte Sondra. „Freitag. Weil er an einem Freitag zu ihm gekommen ist. Das ist nun wirklich mal ein ulkiger Name für einen Menschen. Komm ja nicht auf die Idee, mich Freitag zu nennen."

Robinson lachte vor sich hin. „Freitag passt nicht zu dir. Sondra hört sich eher nach Sonntag an. Ich könnte dich Sonntag nennen." Robinson lachte.

„Schnurzschnodder", regte sich Sondra auf. „Du kannst mir doch nicht einfach einen anderen Namen geben."

„Doch", grinste er. „Schließlich habe ich dich vorhin gerettet. Wenn ich nicht gewesen wäre, wärest du so richtig abgestürzt. Bestimmt hättest du dir das Bein gebrochen oder noch was Schlimmeres. Ich bin dein Lebensretter. Und deshalb kann ich dir einen neuen Namen geben. Das war bei Robinson und Freitag genauso."

„Du bist ja wohl komplett meschugge", schimpfte Sondra. „Ich wäre nicht abgestürzt. Und einen neuen Namen lasse ich mir von niemandem geben, damit das mal klar ist."

Sondra rückte auf dem Ast ein Stück weiter von Robinson ab und schob die untere Lippe über die obere. Das tat sie immer, wenn sie schmollte.

Sie schaute wieder bis zum Horizont. Die Wolken rissen auf und machten den blauen Himmel frei. Die ersten Sonnenstrahlen erreichten den Baum.

„Schön", murmelte Sondra und schloss die Augen. Sie spürte, wie die Sonnenstrahlen ihre Wangen kitzelten. „Die Sonne ist schon so schön warm", flüsterte sie. „Und das, obwohl es erst Mitte Februar ist."

„Pscht!", machte Robinson. „Die Stille hört sich gerade so gut an."

Sondra schwieg. Der Lärm der Straße hinter der Hecke, die den Park umschloss, drang nur gedämpft in den Park. Ein paar Autos fuhren vorbei. Dann das Brummen eines Lastwagens, der kurz anhielt und wieder anfuhr. Ein Moped knatterte. Einige Vögel zwitscherten ganz in der Nähe. Ein Hund bellte heiser aus der Ferne. Sondra hörte sich in die Stille hinein.

„Was hörst du gerade?", fragte Robinson nach einer Weile leise.

Sondra schreckte auf und musste nach dem Ast neben sich greifen. Beinahe hätte sie das Gleichgewicht verloren und wäre vom Ast gerutscht.

„Zuerst habe ich die Geräusche um mich herum gehört", antwortete sie nachdenklich.

„Ich mag es, die Geräusche in der Stille zu hören", meinte Robinson.

„Ich mag es nicht, wenn es leise ist", erwiderte Sondra. „Mir gefällt es, wenn es laut ist. Das macht mir viel mehr Spaß." Nach einer kurzen Pause fügte sie stirnrunzelnd hinzu: „Zumindest war das sonst immer so. Hier auf dem Baum ist es ganz in Ordnung, wenn es leise ist. Da kann man ziemlich spannende Sachen hören."

Robinson nickte nur.

Sondra zögerte. „Vorhin habe ich irgendwie in mich hineingehört. In meinem Kopf habe ich meine Mutter gehört, als sie mich beim Mittagessen genervt hat." Sondra schaute Robinson an. „Kann es sein, dass man seine eigenen Gedanken hören kann, wenn es ganz leise ist?"

„Nicht nur seine Gedanken", meinte Robinson. „Ich höre auch mein Herz. Und wenn ich ganz still bin, höre ich sogar eine Stimme in mir."

„Ist das auch die Stimme von deiner Mutter oder deinem Vater?", wollte Sondra wissen.

„Nein“, erwiderte Robinson. „Diese Stimme kommt von weiter weg und ist viel näher an meinem Herzen.“

„Du kannst bis in den Himmel schauen und Gott sehen und jetzt hörst du auch noch eine komische Stimme in dir?“, wunderte sich Sondra. „Du solltest echt mal zum Arzt gehen!“

Robinson grinste.

„Warte ab, was du alles in der Stille hören kannst“, meinte er dann.

Für die Zeit auf deinem Ast

Hast du schon einmal die Geräusche in der Stille gehört?
Magst du es, wenn es leise ist?
Welche Stimme könnte Robinson meinen?

4. Die Sache mit dem Beten und der Brief in der Tasche

(Freitag, 12.02., Nachmittag)

Sondra rutschte hin und her. Der Ast, auf dem sie saß, bohrte sich in ihren Po und langsam wurde es ungemütlich.

„Wie bist du eigentlich auf den Baum gekommen?“, fragte sie.

„Ich bin raufgeklettert“, antwortete Robinson. „Genau wie du. Zuerst bin ich auf die Lehne der Bank unter dem Baum gestiegen und von dort auf den ersten dicken Ast und ...“

„Das meine ich nicht“, unterbrach Sondra den Jungen. „Als ich vorhin in den Park kam, war da nur eine Fußspur im

Schnee. Die war wahrscheinlich von einem Mann, so groß wie die Abdrücke waren. Und der hatte einen Hund dabei."

„Ach, die zwei habe ich auch gesehen", erklärte Robinson. „Das waren Käpt'n Bismarck und Fürst Pückler."

„Wer nennt seinen Hund denn Fürst Pückler?", kicherte Sondra.

Robinson grinste. „Der Hund heißt Käpt'n Bismarck. Sein Herrchen ist ein Nachbar von mir. Eigentlich heißt er Konstantin Pückler. Aber er ist so furchtbar eingebildet, dass ich ihn nur Fürst Pückler nenne. Jeden Tag um Punkt zwei Uhr kommt er in den Park und lässt Käpt'n Bismarck unter die Bäume pinkeln."

„Ich habe das gelbe Loch im Schnee gesehen", rümpfte Sondra die Nase.

„Darf er eigentlich gar nicht. Im Park ist es verboten, Hunde auszuführen. Irgendwann werde ich schon noch eine zündende Idee haben, wie ich Käpt'n Bismarcks Lieblingsbaum unter Strom setzten kann. Ihn trifft der Schlag, wenn er ..."

„Das ist aber gemein", unterbrach Sondra. Dann überlegte sie für einen Moment. „Die Spuren von Fürst Pückler und Käpt'n Bismarck führten wieder aus dem Park hinaus", sagte sie. „Als ich zu der Bank unter unserem Baum gegangen bin, waren gar keine Spuren mehr da."

„Ich sitze schon seit einer Weile auf dem Baum", erklärte Robinson zögernd.

„Wie lange denn schon?", wollte Sondra wissen.

Robinson holte tief Luft und seufzte. „Wenn du es so genau wissen willst: Ich sitze seit der zweiten großen Pause hier", sagte er dann.

Sondra runzelte die Stirn. „Das sind fast vier Stunden", rechnete sie. „Ist dir denn nicht kalt?"

„Nö", meinte Robinson. „Ich habe mir warme Klamotten angezogen."

„Und der Schnee?", fragte Sondra weiter.

„Macht mir nix", sagte Robinson. „Ich habe ja meinen Regenschirm dabei."

„Wolltest du so lange auf dem Baum sitzen?“, fragte Sondra ungläubig.

„Na ja“, meinte Robinson zögerlich. „Ich habe damit gerechnet, dass ich heute für einige Zeit auf meinem Baum sitze. Außerdem gefällt es mir auf meinem Baum.“

„Du bist echt komisch“, meinte Sondra und schwieg. „Und was machst du die ganze Zeit auf dem Baum?“, fragte sie nach einer Weile.

Robinson überlegte kurz. „Ich schaue und höre“, sagte er dann geheimnisvoll.

„Ach ja“, meinte Sondra. „Du schaust Gott im Himmel zu und hörst eine Stimme aus der Ferne ganz nah an deinem Herzen!“

„Wenn du dich über mich lustig machen willst, kannst du dich gleich vom Baum verziehen, Sonntag. Das ist nämlich mein Baum. Ich war zuerst hier“, grollte Robinson.

Sondra legte Robinson die Hand auf den Arm. „Tut mir leid“, sagte sie leise. „Ich mache mich nicht lustig über dich. Aber mal ehrlich: Fändest du es nicht seltsam, wenn du in einem Park einen Jungen mit einem Regenschirm auf dem Baum entdecken würdest, der in den Himmel schauen kann und Stimmen hört?“

Robinson schaute Sondra mit gerunzelter Stirn an. Er sah verärgert aus. Dann wurde sein Blick freundlicher. „Doch“, sagte er schließlich und grinste. „Das kann einem bestimmt komisch vorkommen.“

„Jetzt mal in echt“, fuhr Sondra fort. „Du kannst Gott also sehen.“

„Ja“, sagte Robinson schlicht. „Ich sehe ihn. Nicht so, wie ich dich hier neben mir sehe, aber ich nehme ihn wahr.“ Robinson schwieg. Dann fuhr er leise fort: „Und ich glaube, dass es seine Stimme ist, die ich aus der Ferne ganz nah an meinem Herzen höre.“ Er machte noch eine Pause. „Deshalb sitze ich so gerne auf dem Baum“, sagte er dann lauter. „Weil ich ihn von hier aus viel besser sehen und hören kann. Manchmal denke ich, ich musste diesen Baum entdecken, um Gott entdecken zu können.“ Nach einer kurzen Stille fügte Robinson beinahe trotzig hinzu: „Und ich rede sogar mit ihm!“

Sondra starrte Robinson mit großen Augen an. „Du siehst Gott und du hörst Gott und du redest mit Gott?“, fragte sie ungläubig nach.

„So ist es“, sagte Robinson bestimmt. „Ich schaue weit in den Himmel und dann rede ich mit Gott wie mit einem Freund.“

„Und Gott hört dir zu?“

„Ja“, sagte Robinson.

„Und er antwortet dir?“

„Und ob!“, sagte Robinson.

Sondra schwieg für eine Weile. „Cool“, meinte sie schließlich leise. „Ein Gott, der zuhört und antwortet wie ein Freund, ist bestimmt ziemlich prima.“

Sondra rutschte auf dem Ast hin und her. Es zwickte. Sie steckte die Hand in die Hosentasche und stutzte.

„Was hast du?“, wollte Robinson wissen.

„Nix“, sagte Sondra. Sie zögerte. „Ich habe heute einen Brief bekommen“, erklärte sie dann.

„Ist doch nett“, stellte Robinson fest. „Und was steht drin?“

Sondra knibbelte mit ihrem Finger an dem Ast herum. „Nur ein einziger Satz“, sagte sie dann. „Und dann der Buchstabe K mit einem Schmierpunkt dran.“

„Das ist nicht viel für einen ganzen Brief“, meinte Robinson und grinste blöde.

„O doch“, sagte Sondra leise. „Und ob das viel ist.“
Dann wischte sie sich eine Träne aus dem Auge.

Für die Zeit auf deinem Ast

Findest du es komisch, dass Robinson mit Gott redet?
Hast du auch schon mal gebetet, also mit Gott geredet?
Wo und wie betest du?

5. Ein einziger Satz und ein freundliches Versprechen

(Freitag, 12.02., Nachmittag)

„Du weinst ja“, sagte Robinson erschrocken. „Habe ich was Falsches gesagt? Das wollte ich nicht!“

Sondra schüttelte nur den Kopf. Dann schaute sie Robinson an. Er hatte die Kapuze, die vorhin noch seine Haare und sein halbes Gesicht bedeckt hatte, inzwischen zurückgeschoben. Die dunkelbraunen Haare standen wild von seinem Kopf ab. Mit seinen braunen Augen lächelte er Sondra an.

„Dann ist es ja gut, Sonntag“, meinte er und seufzte übertrieben. „Und ich dachte schon, ich hätte etwas Schlimmes gesagt.“

Sondra runzelte die Stirn. „Du sollst mich nicht Sonntag nennen!“, verlangte sie energisch. „Ja, du hast mir geholfen, als ich beinahe vom Baum gefallen bin. Ja, mein Name hört sich wie Sonntag an. Nein, ich werde nicht dein Diener sein und mich von dir Sonntag nennen lassen!“

Robinson grinste, als er an die Geschichte von Robinson Crusoe und seinem Diener Freitag denken musste.

„Ist der Satz in dem Brief traurig?“, fragte er interessiert.

Sondra schüttelte den Kopf. „Nicht wirklich“, sagte sie.

„Und warum weinst du dann?“, wollte Robinson wissen.

„Ich weine ja gar nicht“, behauptete Sondra und wischte sich noch mehr Tränen aus den Augen. Dann zwängte sie die Hand in ihre hintere Hosentasche und zog das gefaltete Blatt Papier aus dem geknickten Umschlag. Sie zögerte kurz, dann reichte sie Robinson den Brief.

Robinson faltet den Bogen vorsichtig auf. Dann las er leise vor:

Ich habe dich von ganzem Herzen lieb. Dein K.

Für einen Moment war es ganz still auf dem Baum in dem kleinen Park. Sondra schwieg. Auch Robinson sagte kein Wort. Behutsam faltete er das Papier wieder zusammen und reichte es Sondra.

„Und?", fragte er schließlich leise. „Das ist doch ein schöner Brief. Der K. hat dich sehr lieb. Was ist also das Problem?"

Sondra schluchzte auf. „Das verstehst du nicht", stammelte sie.

„Wieso nicht?", wollte Robinson wissen.

„Ich weiß gar nicht, ob ich dir das erklären will", schniefte Sondra.

„Komm schon", ermunterte Robinson sie. „Schließlich ist das mein Baum und du bist mein Diener Sonntag und ich habe dir von Gott und der Stimme erzählt. Da kannst du mir ja wohl erzählen, warum dich der Satz in dem Brief traurig macht."

„Ich weiß nicht, wer K. ist", sagte Sondra leise.

Robinson schaute das Mädchen neben sich auf dem Ast verwundert an. „Wenn du nicht weißt, wer K. ist, warum schreibt er dir dann einen Brief? Das ist ja Blödsinn."

„Ich kann mir in etwa denken, wer K. ist", sagte Sondra und wischte sich noch einmal über die Augen. Sie steckte das gefaltete Blatt Papier zusammen mit dem Umschlag zurück in ihre Hosentasche.

„Und zwar?", fragte Robinson nach, als Sondra beharrlich schwieg.

„Ich habe keinen Vater", flüsterte Sondra.

„Das ist traurig", sagte Robinson. „Ist er schon gestorben?"

„So ähnlich", murmelte Sondra.

„Was ist so ähnlich wie tot sein?", wunderte sich Robinson.

„Meine Güte", regte sich Sondra auf. „Er ist halt verschwunden, bevor ich auf die Welt gekommen bin. Hat die Biege gemacht, sich einfach verabschiedet. Und seitdem hat er sich nicht mehr gemeldet. Das ist so ähnlich wie tot sein. In Ordnung?"

„Ja", sagte Robinson beschwichtigend. „Das ist schlimm. Aber was hat das mit dem Brief zu tun?"

Sondra schwieg.

Nach einer Weile machte Robinson große Augen. „Du denkst ..., du meinst ..., es könnte vielleicht ...", stotterte er.

„Genau", sagte Sondra knapp.

„Dein Vater schreibt dir einen Brief?", meinte Robinson fragend. „Das ist doch ganz nett. Ich meine, immerhin schreibt er dir. Äh. Vielleicht will er ja, oder er meint ... also, immerhin hat er dich lieb." Robinsons Stimme erstarb.

„Er kann mir gestohlen bleiben", schluchzte Sondra. Es klang so, als würde sie durch ihre geschlossenen Zähne sprechen. „Er hat sich die ganzen Jahre nicht gemeldet. Und auf einmal, kurz bevor ich zwölf werde, schreibt er mir einen Brief. Was soll ich damit?"

Sondra hielt Robinson den Brief mit zitternden Fingern vor die Nase. Sie hatte den letzten Satz geschrien.

Robinson sagte nichts. Für einen Moment kaute er auf seiner Unterlippe und kratzte sich die Nase. Dann rutschte er auf dem Ast näher an Sondra heran und legte den Arm um sie.

„Das hört sich so an, als hättest du eine ziemlich harte Zeit gehabt", sagte er leise.

Sondra stöhnte auf. „Was verstehst du davon?", fragte sie.

„Nicht viel", sagte Robinson schließlich. „Ich habe einen guten Vater. Aber ich habe es in der letzten Zeit auch nicht leicht gehabt. Ich habe auf diesen Baum gemusst, um damit fertig zu werden."

Sondra blickte auf und schaute Robinson an. Der hatte den Blick gesenkt und starrte auf den Ast vor sich.

„Wie soll ich damit fertig werden, dass mein Vater vor meiner Geburt verschwunden ist?", fragte sie. Es klang nicht mehr wütend. Es klang hilflos. Sondra begann, mit dem Finger an dem Ast herumzuknibbeln, auf dem sie saß.

„Dein Vater hat den ersten Schritt gemacht", sagte Robinson

leise. „Und jetzt bist du an der Reihe, ob du willst oder nicht. Du musst dich entscheiden, ob du mit deinem Vater zu tun haben willst.“ Robinson schwieg und starrte weiter auf den Ast vor sich. Dann hob er den Kopf und blickte Sondra an. „Ich werde dir helfen!“, versprach er und fügte leise hinzu: „Und Gott wird dir auch helfen.“

„Ach ja?“, fragte Sondra und schob Robinsons Arm mit einem Ruck von ihren Schultern. „Und wie wollt ihr beide das anstellen?“

Für die Zeit auf deinem Ast

Wie findest du es, dass Sondra nach so vielen Jahren einen Brief von ihrem Vater bekommt, den sie gar nicht kennt?
Was würdest du an Sondras Stelle tun?
Wie könnten Gott und Robinson Sondra helfen?

6. Ein kleines Wunder und ein schneller Abschied

(Freitag, 12.02., Nachmittag)

Sondra schaute Robinson an. Seine Nase war ganz rot und ein Rotztropfen hing am rechten Nasenloch. Sie fingerte eine Packung Taschentücher aus ihrer Jackentasche und gab Robinson eins. Während Robinson sich die Nase schnäuzte, wischte Sondra sich mit der Hand über ihre Augen, die von den Tränen immer noch nass waren.

„Ist das nicht komisch?“, überlegte Robinson laut. „Dass ausgerechnet wir beide uns heute hier treffen?“

„Verstehe ich nicht!“, meinte Sondra.

„Überleg doch mal“, sagte Robinson nachdenklich. „Du findest heute auf dem Schreibtisch diesen Brief von deinem Vater, den du nicht kennst. Und dann haust du ab.“

Sondra unterbrach Robinson. „Abgehauen bin ich ja gar nicht“, widersprach sie. „Es war mir bloß zu eng zu Hause und meine Mutter hat die ganze Zeit Fragen gestellt. Ich musste einfach raus.“

„Egal“, nickte Robinson. „Auf jeden Fall rennst du los. Und dann landest du mitten in meinem Park auf der Bank unter meinem Baum.“ Robinson schaute Sondra an und nickte ihr aufmunternd zu.

„Und?“, fragte Sondra und zog die Augenbrauen hoch.

Robinson kräuselte die Lippen. „Und ich musste nach der großen Pause auf meinen Baum. Ich konnte die ganze Zeit nicht runter und nach Hause zum Mittagessen gehen. Und dann treffen wir uns, schauen in die Weite und du erzählst mir von deinem Brief ...“

Robinson schaute Sondra erwartungsvoll an.

„Und?“, fragte Sondra wieder. Dieses Mal sah sie nachdenklich aus.

„Wenn das Zufall ist, heiße ich ab sofort Robinson“, sagte Robinson.

„Du heißt sowieso schon Robinson“, bemerkte Sondra und verzog den Mundwinkel zu einem schiefen Grinsen. Dann schaute sie noch nachdenklicher und kaute auf ihrem Daumennagel herum.

„Das ist doch komisch“, stellte Robinson fest und griff nach Sondras Arm. „Ich meine, das kann doch alles kein Zufall gewesen sein. Das war Absicht.“

„Absicht von wem?“, wollte Sondra wissen.

Robinson überlegte nicht lange. „Na, von Gott“, sagte er schlicht.

Sondra schwieg. Sie lehnte sich an den Ast in ihrem Rücken, legte beide Hände auf die Beine, schaute in die Weite, atmete tief ein, zog die Augenbrauen hoch und hielt die Luft an.

„Kann auch ein Zufall sein“, sagte sie schließlich. „Zigtausend Dinge passieren einfach so, ohne dass jemand was dafür kann. Aber wenn wir uns im Park treffen, soll Gott das gemacht haben?“

Robinson nickte. „Manchmal haben Dinge aber auch einen Grund“, sagte er. „Angenommen ...“

Sondra unterbrach ihn. „Und was hat es für einen Grund, dass du mit deinen gelben Gummistiefeln und deinem regenbogenfarbenen Regenschirm auf dem Baum sitzt?“, fragte sie aufgeregt. „Hat das auch einen Grund?“

„Das ist einfach“, sagte Robinson gelassen. „Wenn ich nicht auf diesen Baum gestiegen wäre, hätte ich nicht entdeckt, dass ich von hier aus prima bis in den Himmel gucken kann. Und wenn ich nicht in den Himmel geguckt hätte, könnte ich nicht so einfach mit Gott reden. Und wenn ich heute nicht auf dem Baum gesessen hätte, hätte ich dich nicht getroffen.“

„Das ist einfach, das ist einfach“, äffte Sondra Robinson nach. „Für mich ist das gar nicht einfach. Ich habe Gott noch nie getroffen. Und dann soll ich glauben, dass er dich auf den Baum gesetzt hat, damit ich dich heute hier treffen kann? Das ist doch meschugge.“

Sondra wippte heftig auf dem Ast herum und versuchte, aufzustehen. Dabei rutschte sie mit einem Fuß weg und musste nach einem höheren Ast greifen, um sich festzuhalten. Schließlich balancierte sie aufrecht und schaute auf Robinson hinab.

„Es könnte ein kleines Wunder sein“, meinte Robinson grinsend.

„Wunder sehen anders aus“, ereiferte Sondra sich. „Da hat einer zwei Hände voll Fische und ein paar Brote und macht damit ein paar Tausend Menschen satt. Oder einer wandert übers Wasser und verwandelt einen Sturm in ein laues Lüftchen und rettet so ein Boot voller Schisshasen. Das sind Wunder.“

Robinson grinste. „Also solche Dinge, die kein Mensch tun kann, sondern nur Gott?“, fragte er leise.

„Klaro“, antwortete Sondra. „Aber wenn ein Junge namens

Robinson mit gelben Gummistiefeln und einem Regenschirm in einem Baum sitzt, ist das garantiert kein Wunder. Noch nicht mal ein kleines.“ Sondra schob sich an Robinson vorbei und begann, den Baumstamm hinabzuklettern.

„Und wenn doch?“, beharrte Robinson.

„Mir auch egal“, motzte Sondra und sprang vom untersten Ast auf den Boden. Der Schnee taute schon in der Sonne, die inzwischen den ganzen Park beschien.

„Kommst du morgen wieder?“, fragte Robinson von oben aus dem Baum.

Sondra zögerte. „Mal sehen“, sagte sie dann. „Vielleicht.“

„Gut“, sagte Robinson. „Ich bin hier.“

Sondra ging den Weg entlang zum Tor. Sie drehte sich nicht um. Erst als sie das Tor hinter sich schloss, blickte sie noch einmal zu dem Baum zurück. Jetzt, wo sie wusste, wonach sie Ausschau halten musste, sah sie die gelben Gummistiefel im Baumwipfel sofort. Robinson winkte.

„Bis morgen, Sonntag“, rief er ihr quer durch den Park hinterher.

„Vielleicht, du kleines Wunder“, murmelte Sondra vor sich hin. „Und wehe, du nennst mich noch einmal Sonntag.“ Dann musste sie aber lachen.

Für die Zeit auf deinem Ast

Hast du schon mal ein Wunder erlebt?
Glaubst du, dass Gott Wunder tun kann?
Was, meinst du, denkt Sondra über den Jungen mit den gelben Gummistiefeln?

7. Der Brief in der Matratze und ein schwieriges Versprechen

(Freitag, 12.02., Abend)

Es klirrte, zischte und sprudelte. Diesmal hatte Sondra beim Schaukeln die Wasserflasche erwischt.

„Schnurzschnodder", ärgerte sie sich und sprang aus dem Hängesessel. Sie hechtete hinter der Flasche her und rutschte auf dem Bauch unters Bett. Als sie die Hand ausstreckte, um die Flasche zu fassen, griff sie mitten in eine kleine Pfütze. Wie fast immer hatte sie die Wasserflasche nicht richtig zugeschraubt. Die Flasche rollte gegen die Wand, drehte sich, zischte, Wasser spritzte in Sondras rechten Ärmel. Als sie sich reflexartig aufrichten wollte, stieß sie heftig mit dem Kopf an den Bettrahmen. Sie stöhnte und drehte sich auf den Rücken. Mit der linken Hand fasste sie nach der Beule, die sofort zu wachsen begann. Dann trommelte sie mit den Fäusten an die Matratze über ihr und musste laut lachen.

Merkwürdig. Es knisterte. Genau an der Stelle, an der Sondra gerade ihren Trommelwirbel veranstaltete, knisterte es in der Matratze. Sondra stutzte und tastete mit den Fingern. Kaum zu fühlen war es, was da in der Matratze war, aber es schien ein Stück Papier zu sein, das mehrmals gefaltet worden war. Ihr Herz klopfte plötzlich ganz laut und in ihrem Bauch kribbelte es auf einmal so komisch. So kribbelte es auch, kurz bevor Frau Morgentau das Aufgabenblatt für die Mathearbeit austeilte. Aber diesmal fühlte sich das Kribbeln besser an. Sondras Zeigefinger blieb am Matratzenstoff hängen. Sie fühlte einen Schnitt und schob ihren Finger hinein. Da war es! Sondra konnte das Stück Papier fühlen. Sie bohrte ihren

Finger noch weiter in den Schnitt hinein. Das Stück Papier bewegte sich. Sondra keuchte vor Aufregung.

„Sondra?“

Sondra zuckte zusammen. Ihre Mutter hatte sie gerufen.

„Ja?“, antwortete sie laut.

Die Zimmertür öffnete sich. Sondra sah die Beine ihrer Mutter bis zu den Knien, als sie das Zimmer betrat.

„Wo bist denn du?“, fragte ihre Mutter verwundert.

„Unter dem Bett“, sagte Sondra, zog den Finger aus dem Schlitz im Matratzenstoff und musste kichern.

„Was machst du unter dem Bett?“, wunderte sich ihre Mutter. Ihre Beine kamen auf das Bett zu und dann erschien ihr Gesicht an der Bettkante.

„Na-na-nachdenken“, stotterte Sondra und musste wieder kichern. „Blödes Kichern“, dachte Sondra.

„Und dazu legst du dich unter das Bett?“, wunderte sich ihre Mutter weiter.

„Na-na-natürlich“, stammelte Sondra und bekam einen Schluckauf.

Ihre Mutter schüttelte verwirrt den Kopf. Dann verschwand ihr Gesicht von der Bettkante und die Beine gingen die drei Schritte Richtung Tür zurück.

Sondra atmete leise auf und hickste.

„Abendessen ist fertig“, sagte ihre Mutter. „Komm einfach, wenn du mit dem Nachdenken durch bist.“

„Das kann dauern“, murmelte Sondra und hickste.

Sondra schob das Stück Papier immer weiter in die Nähe des Einschnitts im Stoff. Endlich konnte sie eine Ecke sehen. Mit Daumen und Zeigefinger griff sie danach und zog es aus dem Stoff heraus. Das Papier hatte Linien. Es war zweimal gefaltet und sah gelblich aus, so als würde es bereits eine längere Weile in der Matratze stecken. Sondra faltete das Blatt auseinander. Jemand hatte darauf geschrieben. Sondra erkannte die Schrift.

„Dein K. Mit einem Schnörkel und einem Schmierpunkt dran“, murmelte sie. Ihr Herz klopfte so laut, dass sie tief Luft holen musste. Dann begann sie zu lesen.

Meine liebe Sondra,

heute ist dein erster Geburtstag. Ich gratuliere dir und wünsche dir alles Glück der weiten Welt.
Ich weiß nicht, wann du diese Zeilen lesen wirst oder wann Katja sie dir vorliest. Aber wenn du sie liest oder hörst, sollst du wissen, dass ich dich sehr vermisse und mich verzweifelt nach dir sehne. Gerne wäre ich bei dir und würde mit dir spielen. Oder mit dir kuscheln. Oder dich kitzeln. Oder mit dir einen Spaziergang machen. Aber das geht leider nicht. Irgendwann wirst du das verstehen. Vergiss nicht und zweifle nicht daran:
Ich habe dich von ganzem Herzen lieb.

Dein K.

„Dein K. Mit einem Schnörkel und einem Schmierpunkt dran", murmelte Sondra. Dann ließ sie das Blatt auf ihren Bauch sinken und weinte. Die Tränen liefen ihr aus den Augen, seitlich am Gesicht herunter und tropften ihr in die Ohren. Das fühlte sich blöd an, aber Sondra konnte einfach nicht aufhören.

„Ein kleines Wunder", flüsterte Sondra leise, als sie nicht mehr so heftig schluchzen musste. „Wenn das ein kleines Wunder ist, du Gott, dann verspreche ich dir was. Dann verspreche ich, dass ich meinen Vater suchen und ihn finden werde. Dann verspreche ich, dass ich mir von dir helfen lassen werde und von Robinson auch. Trotz der blöden gelben Gummistiefel und dem ollen Regenschirm. Ich werde meinen Vater finden. Und dich auch. Irgendwo da hinter dem Horizont im Himmel. Und dann kann Robinson von mir aus Sonntag zu mir sagen."

Sondra schluchzte noch einmal auf.

„Fertig!", setzte sie nach einem kurzen Moment hinzu.

Für die Zeit auf deinem Ast

Glaubst du, dass Sondra ein kleines Wunder erlebt hat?
Hört Gott Sondras Versprechen?
Was soll Sondra tun, um ihren Vater zu finden?

MARME

8. Ein merkwürdiger Traum und Eierwecken ohne Rosinen

(Samstag, 13.02., Morgen)

Sondra tastete nach dem Geld in ihrer Tasche und murmelte leise vor sich hin: „Mama mag Mohn, drei Mehrkorn, ein Croissant knuspert köstlich, und ich will Eierwecken ohne."

Dann betrachtete sie die Menschen, die mit ihr in der Schlange standen.

Die Frau direkt vor ihr hatte einen rosafarbenen Mantel an und trug dazu weiße Cowboystiefel.

„Ob die wohl eine Pistole dabei hat und ihr Pferd vor der Tür wartet?", fragte sich Sondra und musste leise kichern.

Der Mann davor hatte einen Schnurrbart. Er war so groß, dass er mit dem Turban auf seinem Kopf beinahe an die Decke der Bäckerei stieß. Der Affe, der neben ihm auf dem schwarz-weiß karierten Fliesenboden der Bäckerei hockte, trug gelbe Gummistiefel und unter seinem Arm klemmte ein regenbogenfarbener Regenschirm.

Die Frau, die gerade bedient wurde, bestellte ein Mohnbrötchen, drei Mehrkornbrötchen, ein Croissant und eine Eierwecke ohne.

„Das will ich auch bestellen!", wollte sich Sondra gerade beschweren, als die Türglocke zur Bäckerei klingelte und ein Mann den Ladenraum betrat. Er drängelte sich an Sondra, dem Cowgirl und dem Riesen mit dem Affen vorbei und schob die Frau, die gerade bedient wurde, zur Seite. Der lange, graue Mantel reichte ihm bis zu den schwarzen Schuhen. Den Kragen hatte er hochgeschlagen.

Keiner der Wartenden beschwerte sich.

„Was darf es bitteschön sein?“, fragte die Verkäuferin hinter der Theke.

„Haben sie Sonntagsbrötchen?“, fragte der Mann. Er sprach mit einem leichten Akzent.

Sondra zuckte zusammen. Die Stimme des Mannes kam ihr seltsam vertraut vor. Aber sie konnte sich nicht erinnern, wo sie die Stimme schon einmal gehört hatte.

„Leider nein!“, sagte die Verkäuferin.

„Schade“, sagte der Mann leise. Es hörte sich enttäuscht an, fand Sondra.

„Haben Sie denn eine Sonntag?“, fragte der Mann nach.

„Wie bitte?“ Die Verkäuferin war völlig verunsichert und wischte mit der Hand die Krümel von der Theke. Der Affe sprang auf und griff nach den Krümeln, die vor ihm auf den Boden gefallen waren.

„Eine Sonntag“, wiederholte der Mann im grauen Mantel. „Ich suche schon seit fast zwölf Jahren nach ihr. Diese Sonntag müsste jetzt etwa 1,55 Meter groß sein und vermutlich hat sie blonde Haare. Sie ist meine Tochter, verstehen Sie?“

Sondra spürte, wie es auf einmal in ihrem Bauch kribbelte.

„Tut mir leid“, sagte die Verkäuferin. „Sonntage führen wir nicht. Darf es eine Eierwecke ohne Rosinen sein?“

„Nein. Vielen Dank“, sagte der Mann. Sondra konnte ihn kaum verstehen, so leise hatte er gesprochen. Aber es hörte sich sehr traurig an, fand Sondra. Ihr Herz klopfte ihr bis zum Hals. Sie schluckte und räusperte sich.

Der Mann mit dem langen, grauen Mantel drehte sich um und ging an den Wartenden vorbei auf die Tür zu. Sondra versuchte, einen Blick in das Gesicht des Mannes zu erhaschen. Aber es gelang ihr nicht. Sie wollte etwas sagen, brachte aber keinen Mucks heraus.

„Ich ...“, krächzte sie dann und musste husten.

Der Mann zog die Ladentür auf und die Türglocke klingelte.

„Ich heiße Sonntag“, wollte Sondra sagen, aber sie brachte nicht mehr als das heisere Krächzen zustande.

Der Mann in dem langen, grauen Mantel ließ die Ladentür hinter sich zufallen.

„Ich heiße Sonntag!“, schrie Sondra und wachte von ihrem eigenen Schrei auf. Sie tastete nach dem Wecker und schaltete das Klingeln aus. Mama hatte ihr ihren alten gegeben, nachdem Sondra ihren eigenen unter dem Bett hindurch an die Wand gekickt hatte.

„Was für ein blöder Traum“, murmelte Sondra und wischte sich über die Augen.

Sondras Mutter kam ins Zimmer. „Hast du gerufen?“, wollte sie wissen.

„Nein, ich habe nur geträumt“, sagte Sondra schnell.

„Gehst du Brötchen für uns holen?“, bat ihre Mutter, „du weißt ja, welche.“

Auf dem Weg zur Bäckerei hielt Sondra Ausschau nach dem Cowgirl, dem Riesen mit Turban und dem Affen mit den gelben Gummistiefeln. Sie war ein bisschen enttäuscht, als sie sie nicht entdecken konnte. Allerdings sah die Verkäuferin in der Bäckerei der aus ihrem Traum ein bisschen ähnlich. Immerhin ein bisschen.

„Darf ich mal was fragen?“, fragte Sondra, nachdem sie ihre Bestellung aufgesagt hatte.

„Klar“, meinte die Verkäuferin und legte die Brötchen in eine Papiertüte.

„Es ist eine komische Frage“, sagte Sondra entschuldigend.

„Vielleicht weiß ich ja eine komische Antwort“, lächelte die Verkäuferin.

„Ist in den vergangenen Tagen ein Mann mit einem langen, grauen Mantel hier in der Bäckerei gewesen und hat nach Sonntagsbrötchen gefragt?“ Sondra schluckte.

Die Verkäuferin hielt mitten in der Bewegung inne und zog die Augenbrauen hoch. Die Eierwecke ohne Rosinen hielt sie in der Hand.

„Warte mal“, sagte sie. „Vor ein paar Tagen war tatsächlich ein Mann hier, der einen langen, grauen Mantel trug. Er ist mir aufgefallen, weil er mit einem komischen Akzent gesprochen hat. Irgendwie Englisch und doch nicht Englisch. Ich hatte ihn vorher noch nie hier gesehen.“

„Wie hat er ausgesehen?“, fragte Sondra. Ihre Stimme klang auf einmal ganz belegt. „Ich meine, haben Sie sein Gesicht sehen können?“

„Du meine Güte“, überlegte die Verkäuferin. „Jetzt fragst du mich aber was. Ich glaube, er hatte eine Brille. Aber ich weiß es nicht genau. Tut mir leid, ich habe nicht darauf geachtet.“

Die Verkäuferin steckte die Eierwecke zu den anderen Brötchen in die Papiertüte. Das Croissant legte sie obenauf.

„3,25 Euro, bitte“, sagte sie und hielt Sondra die Tüte über die Theke.

Sondra kramte das Geld aus ihrer Hosentasche.

„Was hat er gekauft?“, fragte sie heiser.

„Eine Eierwecke ohne Rosinen“, erinnerte sich die Verkäuferin.

Für die Zeit auf deinem Ast

Wer könnte der Mann in Sondras Traum gewesen sein?
Glaubst du, dass er tatsächlich in der Bäckerei war?
Was kann Sondra nun tun?

9. Viele Fragen beim Frühstück und eine einfache Entscheidung

(Samstag, 13.02., Morgen)

Sondra tunkte ihre Eierwecke in den warmen Kakao. Vor ein paar Monaten hatte sie das mit einem Rosinenbrötchen versucht und es hatte scheußlich geschmeckt. Und das Zwiebelbrötchen hatte mit Kakao so geschmeckt wie Stinkfüße mit Nutella. Seitdem holte Sondra sich samstags immer eine Eierwecke ohne Rosinen.

„Hast du die Einladungen zu deiner Geburtstagsfeier alle schon verteilt?", fragte ihre Mutter und biss in ihr Croissant. „Schließlich ist morgen dein großer Tag."

Sondra nickte nur und tauchte ihre Eierwecke wieder in den Kakao. Auf dem Weg zum Mund fiel ein dicker Tropfen auf den Teller.

„Morgen wirst du zwöf Jahre alt. Ich muss mal mit dir reden", sagte Sondras Mutter und legte ihr Croissant beiseite. Sie schaute auf die Uhr über der Tür und zögerte.

„Worüber", fragte Sondra und setzte sich aufrecht hin.

„Ich habe was in deinem Zimmer gefunden", begann ihre Mutter.

Sondra sagte nichts.

„Ich habe es nicht finden wollen. Ich meine, ich habe nicht in deinem Zimmer gesucht, oder so. Das ist ja schließlich dein Zimmer. Als ich vorhin dein Bett machen wollte ..."

Sondra sprang auf und rannte über den Flur. Sie riss die Tür zu ihrem Zimmer auf, machte die drei Schritte zu ihrem Bett und riss das Kopfkissen hoch. Die beiden Briefe, die sie gestern Abend daruntergelegt hatte, waren verschwunden.

„Das sind meine", schrie Sondra und hetzte zurück in die

Küche. „Du darfst sie mir nicht wegnehmen." Sondra rannte auf ihre Mutter zu. „Wohin hast du sie getan?", brüllte sie.

Stumm zeigte ihre Mutter auf Sondras Teller. Direkt daneben lag ein kleiner Stapel Briefe. Ein Bindfaden hielt ihn zusammen. Der untere Brief lag mit der einen Ecke im Kakaofleck auf dem Teller und hatte sich schon ein bisschen vollgesogen. Die zwei Briefe, die Sondra unter ihr Kopfkissen gelegt hatte, lagen auf der anderen Seite des Tellers.

Als Sondras Mutter sprach, hörte sich ihre Stimme müde an.

„Vielleicht haben Klaus und ich es furchtbar falsch gemacht. Aber es ist so, wie es ist. Dein Vater Klaus hat dir zu jedem Geburtstag einen Brief geschrieben. Und zu Weihnachten auch. Ich habe die Briefe über Jahre versteckt. In meiner Matratze. Als du letztes Jahr das größere Bett mit meiner Matratze bekommen hast, habe ich sie alle herausgenommen. Dachte ich zumindest. Den Brief zu deinem ersten Geburtstag habe ich wohl übersehen."

Sondras Mutter machte eine Pause und atmete tief ein.

„Und Klaus' Brief, den du gestern bekommen hast, habe ich nicht erkannt. Ich habe gedacht, er ist von einer deiner Freundinnen."

Sondra konnte nichts sagen. Sie starrte auf den Stapel Briefe neben ihrem Teller. Der Kakaofleck wurde immer kleiner.

„Es sind deine Briefe", sagte ihre Mutter.

Sondra hatte Mühe, ihr zuzuhören.

„Ich wollte sie dir nicht wegnehmen. Aber du solltest dich entscheiden können, ob du sie wirklich lesen willst oder nicht."

Der Kakaofleck auf dem Teller war beinahe ganz von der Ecke des Briefumschlags aufgesaugt worden.

Sondra starrte immer noch auf den Briefstapel. Dann schaute sie ihre Mutter an. „Ich will", sagte sie. „Ich will sie alle lesen."

Ihre Mutter nickte. Sondra nahm die Briefe und drehte sich um. Sie zog ihre Winterjacke vom Haken und griff nach dem roten Regenschirm unter der Garderobe.

„Es schneit nicht die Bohne“, sagte ihre Mutter leise.
„Nur für den Fall“, murmelte Sondra.

Sondra stieß das Eisentor in der Hecke auf, die den kleinen Park neben der alten Papierfabrik umschloss, und blickte hinüber zu dem großen Baum.

Robinsons gelbe Gummistiefel leuchteten zwischen den Ästen. Er schien nach ihr Ausschau gehalten zu haben.

„Sonntag!“, rief er Sondra quer durch den Park zu und winkte wild.

Sondra musste schlucken, als sie daran dachte, was der Mann mit dem langen, grauen Mantel in ihrem Traum zur Verkäuferin gesagt hatte. Sie ging über den Weg zum Baum, stieg auf die Lehne der Bank und von dort auf den unteren Ast. Heute kam ihr das Hochklettern leicht vor. Sogar mit einem Regenschirm unter dem Arm.

„Wozu brauchst du den Regenschirm?“, wunderte sich Robinson, als sie auf dem Ast angekommen war.

„Es könnte schneien“, sagt Sondra.

„Quatsch“, entgegnete Robinson. Dann zeigte er mit dem Finger in Richtung Himmel. „Keine müde Wolke zu sehen.“

Sondra setzte sich auf den Ast und lehnte sich mit dem Rücken an den Stamm. Sie hängte den Regenschirm an den Zweig neben sich und faltete die Hände vor dem Bauch. Dabei konnte sie den kleinen Stapel Briefe fühlen, den sie vorhin in die Jackentasche geschoben hatte.

Sondra schaute in den Himmel. Als sie gestern hier gesessen hatte, waren schneeschwere Wolken zu sehen gewesen. Nur in der Ferne hatten sich die Wolken verzogen und wenige Sonnenstrahlen hatten sie gewärmt.

Heute war der Himmel klar. Ein paar kleine, weiße Wolken zogen auf dem blauen Hintergrund entlang. Die Sonne schien direkt auf den Baum. Sondra atmete tief ein, schloss die Augen und hielt die Luft an.

„Und?“, fragte Robinson. „Glaubst du inzwischen an kleine Wunder?“

Für die Zeit auf deinem Ast

Wie hat sich Sondra wohl gefühlt, als ihre Mutter ihr die Briefe gab? Hättest du ebenso wie Sondra gehandelt und die Brief genommen? Welche Antwort wird Sondra auf Robinsons letzte Frage geben?

10. Der erste warme Wind und Wippen im Wipfel

(Samstag, 13.02., Vormittag)

Sondra spürte die warmen Sonnenstrahlen auf ihrem Gesicht. Mit geschlossenen Augen atmete sie tief ein. Sie hatte es sich auf dem Ast hoch oben im Baum bequem gemacht und lehnte mit dem Rücken an dem dicken Stamm.

„Manchmal ist es wie schweben", sagte Robinson. Sondra brauchte nicht hinzusehen, um zu wissen, dass er mit weit offenen Augen in den Himmel schaute. Schließlich hatte er ihr erzählt, dass er Gott im Himmel sehen und seine Stimme nah an seinem Herzen hören könne. Gestern war Sondra das komisch vorgekommen. Aber seit gestern war viel passiert.

„Was ist manchmal wie schweben?", wollte Sondra wissen.

„Hier in der Sonne zu sitzen, den Frühlingswind im Gesicht zu spüren und in den Himmel zu schauen", erklärte Robinson. „Das erste Mal nach dem Winter ohne dicke Jacke draußen zu sein, das erste Schneeglöckchen zu entdecken und Herrn Lorenzo die Stühle aus dem Eiscafé nach draußen auf den Gehweg stellen zu sehen. So wie heute. Das fühlt sich so an, als würde Gott mich umarmen."

Sondra blinzelte. „Ja", sagte sie dann.

„Was meinst du mit ‚Ja'?", wollte Robinson wissen.

„Du hattest mich vorhin gefragt, ob ich jetzt an kleine Wunder glaube."

Robinson grunzte zustimmend.

„Tue ich", sagte Sondra und fühlte nach den Briefen in ihrer Jackentasche. Sie sah Robinson an. „Mal angenommen, Gott gibt es wirklich", begann sie. „Wie ist er?"

Robinson summte vor sich hin und schaute in den Himmel.

„Robinson?", fragte Sondra.

„Ich überlege noch", murmelte Robinson. „Das ist eine ziemlich schwierige Frage, die du gestellt hast."

Sondra schnaufte. „Ich fand sie ganz leicht."

„Gott ist wie ein Nebel, der dich umgibt. Du kannst ihn nicht anfassen, aber er ist ganz und gar um dich herum", sagte Robinson.

„Ich finde Nebel unheimlich." Sondra schüttelte sich. „Nebel ist nass und kalt und man kann darin verloren gehen."

Robinson zog eine Grimasse. „Okay", murmelte er. „Kein gutes Beispiel." Er summte wieder.

„Gott ist wie eine Badewanne voll mit warmem Wasser ...", begann Robinson.

„Ich dusche lieber", unterbrach ihn Sondra. „Das geht schneller."

Robinson grunzte missmutig. „Auch kein gutes Beispiel", grummelte er. Dann summte er wieder.

„Gott ist wie ein Vater, zu dem du morgens unter die warme Decke ins Bett schlüpfen kannst", sagte er schließlich. Fragend schaute er Sondra an.

Sondra schüttelte den Kopf.

„Ach Mist", murmelte Robinson. „Du hast ja keinen. Habe ich nicht dran gedacht. Tut mir leid."

„Keine Sache. Kannst du ja nichts für", meinte Sondra.

„Jetzt weiß ich", sagte Robinson nach einem Moment und erhob sich. „Komm mal hier rüber auf die andere Seite", bat er.

Sondra stand auf und kletterte hinter Robinson her.

Robinson zeigte auf eine breite Astgabel vor ihnen. „Setz dich da mal hin!“

Die Astgabel war so geformt, dass Sondra bequem darin sitzen und die Beine baumeln lassen konnte. Ein anderer Ast war so gewachsen, dass er Halt im Rücken gab.

„Mach die Augen zu“, bat Robinson.

Sondra schloss die Augen.

Sie spürte die warme Sonne in ihrem Gesicht und den Wind, der an ihren Haaren spielte. Sie hörte einen Vogel in der Hecke singen. Dann begann der Ast leicht zu schaukeln. Sondra atmete tief ein. Vor und zurück. Es war wie Schweben auf Wolken. Es war so wie damals, als sie sich zu Oma Pfalz auf den warmen Schoß gekuschelt hatte. Oma Pfalz hatte die Arme um sie gelegt und war im großen Schaukelstuhl hin und her geschaukelt. Es war so wie an dem Nachmittag, als sie und ihre Freundin Jenny mit vielen Kissen und Decken eine großartige Höhle in Sondras Zimmer gebaut hatten. Mama hatte heiße Milch mit Honig ohne Haut und Kekse gebracht. Sondra und Jenny waren in der Höhle eingeschlafen. Es war wie im letzten Winterurlaub in Österreich, als Mama und sie sich verlaufen hatten und es so furchtbar kalt war. Sondra hatte am ganzen Leib geschlottert und konnte ihre Hände nicht mehr spüren. Mama hatte ihre Jacke aufgemacht, Sondra eng an sich gedrückt und dann die Jacke um sie beide geschlossen.

Der Ast hörte auf zu wippen. Sondra machte langsam die Augen auf.

Robinson stand am Baumstamm und hatte den Fuß, mit dem er gewippt hatte, noch in der Astgabel. Er schaute sie an.

„So ist Gott?“, fragte Sondra leise.

Robinson nickte.

„Wow!“, staunte Sondra. Sie zögerte und fragte dann: „Und warum macht er kleine Wunder in meinem Leben?“

„Das weiß ich nicht“, meinte Robinson und half Sondra hoch. „Das musst du selber herausfinden.“

„Wie geht das?“, fragte Sondra.

Robinson zögerte.

„Ich glaube, es fängt damit an, dass du dich entscheidest, an Gott zu glauben“, sagte er dann.

„Noch eine Entscheidung“, murmelte Sondra.

„Welche kleinen Wunder hast du denn erlebt?“, fragte Robinson neugierig, als er und Sondra wieder zurück zu ihrem Ast kletterten.

Sondra zog den Stapel Briefe aus ihrer Jackentasche.

„Ich weiß jetzt, dass der Brief von meinem Vater ist. Ich habe noch einen in meiner Matratze gefunden, und meine Mutter hat mir vorhin diesen ganzen Stapel mit Briefen von ihm gegeben. Und ich glaube, ich habe meinen Vater gesehen.“ Sondra zögerte. „Zumindest habe ich von ihm geträumt. Und du kamst auch in meinem Traum vor.“

Robinson grinste. „Ach ja?“

„Du warst ein Affe mit gelben Gummistiefeln und hattest einen regenbogenfarbenen Schirm unter dem Arm“, kicherte Sondra.

„Na super“, verzog Robinson das Gesicht.

Für die Zeit auf deinem Ast

Kannst du dir vorstellen, wie Gott ist?
Hast du Gott schon mal in deinem Leben erlebt?
Warum tut Gott kleine Wunder in Sondras Leben?

11. Der dritte Brief und Stunk im Park

(Samstag, 13.02., Vormittag)

Sondra betrachtete die Briefe in ihrer Hand. Zwei Dutzend waren es, vielleicht ein oder zwei mehr oder weniger. Die braune Schnur, die den kleinen Stapel zusammenhielt, war über dem Knoten zu einer Schleife gebunden.

„Sind sie das?", fragte Robinson. Er rutschte unruhig auf dem Ast hin und her. Gespannt sah er zu, wie sie den Stapel ungeöffneter Briefe in ihren Händen wog.

„Worauf wartest du?", wollte er wissen, als Sondra zögerte. „Mach sie auf!"

„Ich bin mir nicht mehr sicher", sagte Sondra.

„Verstehe ich nicht", murmelte Robinson.

Um es ihm zu erklären, erzählte Sondra ihm, was gestern alles passiert war. „Und beim Frühstück hat mir meine Mutter dann die anderen Briefe von meinem Vater gegeben. Er heißt übrigens Klaus."

„Dein K.", murmelte Robinson.

„Genau", nickte Sondra. „Mit einem Schnörkel und einem Schmierpunkt dran."

„Und? Machst du die Briefe nun auf oder nicht?"

„Und was ist, wenn was Trauriges drinsteht?", überlegte Sondra. „Ich weiß nichts über meinen Vater. Meine Mutter hat mir nur erzählt, dass es zwischen ihr und meinem Vater furchtbaren Streit gegeben hat und er deshalb verschwunden ist. Was ist, wenn sie sich wegen mir so furchtbar gestritten haben?"

Robinson überlegte und schwieg eine ganze Weile.

Dann sagte er: „Manchmal muss man sich entscheiden, was einem wichtiger ist. Du musst dich entscheiden, ob du wissen willst, wer dein Vater ist, oder lieber nicht."

„Genau", sagte Sondra. „Das muss ich!"

Sie atmete tief ein, schloss die Augen und hielt die Luft an. Dann atmete sie entschlossen aus und zog die Schleife des Bindfadens auf.

„Ich muss leider los", sagte Robinson plötzlich.

„Warum?", fragte Sondra und entwirrte den Knoten im Bindfaden.

„Muss zum Sport", sagte Robinson. „Selbstverteidigung. Immer samstags um elf."

„Du machst Selbstverteidigung?", wunderte sich Sondra und schaute Robinson an. „Warum das denn?"

„Das kann jeder ganz gut brauchen!", behauptete Robinson.

Für Sondra hörte es sich so an, als wolle er sich dafür entschuldigen.

„Darf ich in deinem Baum sitzen bleiben, bis du wiederkommst?", fragte Sondra.

„Klaro", sagte Robinson gönnerhaft und begann, den Baum hinabzusteigen.

Sondra sah Robinson nach, bis er das eiserne Tor in der Hecke hinter sich geschlossen hatte. Dann blickte sie wieder auf die Briefe in ihrer Hand. Die Poststempel waren gut zu erkennen und das Datum, an dem die Briefe abgestempelt worden waren, auch. Die Briefmarken waren bunt und groß.

Sondra suchte so lange, bis sie einen Brief gefunden hatte, der am 23. November 1999 gestempelt worden war. Den musste ihr Vater zum Weihnachtsfest kurz vor ihrem zweiten Geburtstag geschrieben haben. Ihre Finger zitterten plötzlich, als sie das Blatt aus dem Umschlag zog. Die Schrift erkannte sie sofort wieder.

Meine liebe Sondra, 22. November 1999

es ist erst ein Dreivierteljahr her, seit ich weiß, dass es dich gibt. Katja hat mir erst kurz vor deinem ersten Geburtstag von dir erzählt. Gerne wäre ich bei deiner Geburt dabei gewesen. Erst in den vergangenen Monaten habe ich richtig begriffen, dass ich ein Vater geworden bin. Ich bin so weit weg, dass es nicht leicht ist, das zu kapieren. Ich weiß auch nicht, ob ich dich jemals sehen werde. Katja und ich haben entschieden, dass es besser ist, wenn ich bleibe, wo ich bin. Gerade sitze ich im Hafen von Port Moresby und schaue auf die Korallensee. Bald feiern wir hier Weihnachten am Strand. Ich finde es immer noch sehr komisch, Weihnachten bei über 30 Grad zu feiern. Aber ich werde mich daran gewöhnen. Wie an so vieles.
Ich will, dass du weißt und nie vergisst:
Ich habe dich von ganzem Herzen lieb.

Dein K

Sondra ließ den Brief sinken. Dann schreckte sie plötzlich auf. Lautes Gelächter schallte durch den Park. Sondra spähte erschrocken zwischen den Ästen hindurch. Zwei Jungen kamen auf den Baum zu. Sondra kannte einen von ihnen. Sven war eine Klasse über ihr und hatte vor drei Wochen den Papierkorb in seinem Klassenzimmer angezündet, um zu sehen, ob die Sprinkleranlage funktionierte. Und wie sie funktioniert hatte. Sondra stopfte die Briefe wieder in ihre Tasche und drückte sich näher an den Baumstamm. Aber die beiden Jungen hatten sie schon entdeckt. „Guck mal, Max“, kicherte Sven hässlich. „Da sitzt aber ein gewaltig komischer Vogel auf dem Baum.“

Er stieß den anderen Jungen in die Seite.

„Absolut“, lispelte Max und grinste dabei so breit, dass Sondra von oben sehen konnte, dass ihm beide Schneidezähne fehlten.

Er zog ein Erbsenblasrohr unter der Jacke hervor und griff in die ausgebeulte Hosentasche.

Sondra zuckte zusammen, als sie das Blasrohr sah. Seit ein paar Wochen liefen die größeren Jungen in der Schule damit herum. Die Rohre waren so dick, dass Trockenerbsen genau hindurchpassten. Manche Blasrohre waren bis zu einem Meter lang. Wenn die Jungen die Rohre benutzten, luden sie sich eine Ladung Trockenerbsen in den Mund und setzten das Rohr an. Es tat heftig weh, wenn man eine Erbse abkriegte. Kai aus der Parallelklasse hatte eine Erbse aus Svens Blasrohr genau ins Auge bekommen und sofort ins Krankenhaus gemusst. In der Schule waren die Rohre umgehend verboten worden.

„Wollen doch mal sehen, wie laut das kleine Vögelchen singen kann“, grunzte Sven gehässig und stopfte sich eine Handvoll Trockenerbsen in den Mund.

„Gott im Himmel“, stöhnte Sondra. „Hilf mir!“

Für die Zeit auf deinem Ast

Hättest du dich wie Sondra entschieden und die Briefe geöffnet?
Wovor hättest du Angst gehabt?
Welche wichtigen Entscheidungen hast du in deinem Leben schon getroffen?

12. Erbsenbeschuss und ein Retter im grauen Mantel

(Samstag, 13.02., Vormittag)

Sondra drückte sich hinter den Baumstamm, klammerte sich am Ast fest und wimmerte. Die Erbsen aus Svens Blasrohr pfiffen ihr nur so um die Ohren. Eine Erbse hatte sie am Kopf gestreift, eine andere mit voller Wucht auf die Wange getroffen. Das tat höllisch weh. Plötzlich hörte der Beschuss auf. Sondra lugte um den Baumstamm herum.

Sven stand an der Bank unter dem Baum und griff in seine Hosentasche.

„Ich muss Munition fassen“, nuschelte er, spuckte ein paar Schalen von den Trockenerbsen auf den Rasen und grinste seinen Freund Max an. „Lass uns ein Sperrfeuer von zwei Seiten eröffnen und sehen, ob die Kleine auf dem Ast auch tanzen kann!“, schlug er vor.

Max kicherte. „Grandiose Idee, Genosse.“ Der Speichel spritzte ihm beim Sprechen durch die fehlenden Schneidezähne. „Ich mach mich mal eben feuerfertig!“

Max zog ein kurzes Erbsenblasrohr aus der hinteren Hosentasche und stopfte sich eine Handvoll Erbsen in den Mund.

„Fertig“, lispelte er mit vollem Mund und ging halb um den Baum herum. „Feuer frei!“ Er verlor drei Erbsen durch die riesige Zahnlücke.

Auch Sven hatte inzwischen nachgeladen und sich Erbsen in den Mund gesteckt. Er setzte das Blasrohr an die Lippen und holte durch die Nase tief Luft.

„Elende Feiglinge!“, rief eine Stimme in den Park hinein.

Sven und Max schreckten auf, ließen die Blasrohre sinken und blickten sich um.

„Zwei Kerle machen sich über ein hilfloses Mädchen her. Wo gibt es denn so was? Feiges Pack!“, rief die Stimme.

Sondras Herz schlug plötzlich schneller. Diese Stimme hatte sie schon einmal gehört. Der Mann in dem Traum hatte die gleiche Stimme gehabt. Er sprach mit einem leichten Akzent. Aber sie hatte die Stimme auch darüber hinaus schon einmal gehört. Wenn sie sich bloß daran erinnern könnte. Sondra suchte mit ihren Augen den Park nach der Stelle ab, von der sie die Stimme gehört hatte. Nah am Eisentor konnte sie einen dunklen Schatten hinter der Hecke sehen.

„Wollen mal sehen, wie schnell solche Schmeißfliegen wie ihr rennen könnt!“, rief die Stimme.

Sven und Max glotzten mit erbsendicken Backen die Hecke an. Dann waren schnell hintereinander zwei laute „Pfffts“ zu hören.

Sven und Max griffen sich aufheulend an die Stirn. „Der beschießt uns“, keuchte Sven und spuckte seine Erbsen aus.

Wieder war zweimal das „Pffft“ zu hören. Sven schrie auf, warf sich herum und stürmte zum Parkausgang neben dem neuen Schwimmbad. Max schrie noch lauter, ließ sein Blasrohr fallen und hetzte hinterher. Dabei stolperte er über eine Baumwurzel und überschlug sich auf dem Rasen. Aufheulend rappelte er sich wieder hoch und humpelte weiter. Wieder war das „Pffft“ zu hören. Max quiekte auf, fasste sich an den Hintern, schleppte sich zum Tor und verschwand hinter der Hecke.

Sondra starrte wie gebannt auf den dunklen Schatten hinter der Hecke. Der Schatten bewegte sich auf das Eisentor zu. Dann war für einen kurzen Moment ein Mann in einem langen, grauen Mantel zu sehen. Er huschte an dem Eisentor vorbei die Straße entlang und war verschwunden.

„Warte!“, flüsterte Sondra. Es war wie in ihrem Traum. Eigentlich wollte sie rufen und schreien, aber sie bekam keinen Mucks heraus. Nur ein heiseres Krächzen brachte sie zustande.

„Sondra?“

Sondra schaute nach unten und sah Robinson am Baum stehen.

„Alles klar?“, fragte Robinson und schaute sich das Erbsenblasrohr an, das er neben der Bank auf dem Boden gefunden hatte.

Sondra nickte. Sie wusste nicht, wie lange sie auf dem Ast gestanden, sich an den Baumstamm geklammert und auf das Eisentor gestarrt hatte. Der Mann hatte genauso ausgesehen wie der Mann, dem sie in ihrem Traum in der Bäckerei begegnet war.

Robinson kletterte den Baum hoch und setzte sich neben Sondra auf den dicken Ast nah am Baumwipfel.

„Was ist passiert?“, fragte er leise.

„Unglaublich“, stammelte Sondra.

„Was denn?“, wollte Robinson wissen.

Sondra schüttelte den Kopf, als wolle sie sich von ihrer Starre befreien. Sie berührte die Stelle, an der sie die Erbse getroffen hatte, und berichtete, was geschehen war. Dann ergriff sie Robinsons Arm. „Verstehst du? Das war vielleicht mein Vater!“

Robinson sagte nichts. Mit großen Augen sah er Sondra an.

„Was ist los?“, fragte sie nach einem kurzen Moment.

„Du hast gebetet“, stellte Robinson fest.

„Ja“, sagte Sondra schlicht. „Gestern Abend auch schon.“

„Und Gott hat dir geholfen“, nickte Robinson.

„So sieht es aus“, sagte Sondra.

„Und Gott hat deinen Vielleicht-Vater zum richtigen Zeitpunkt zum Park gebracht. Und er hatte sogar ein Erbsenblasrohr dabei.“ Robinson schüttelte staunend den Kopf. „Unglaublich!“

„Und jetzt?“, sagte Sondra und schaute Robinson fragend an. „Ich meine: Was mache ich jetzt?“

„Danke sagen“, meinte Robinson einfach. „Und weiter nach deinem Vater suchen.“

„Dir Danke sagen?“, wunderte sich Sondra. „Aber du warst doch gar nicht hier.“

Robinson kicherte. „Nicht mir, Sonntag. Gott natürlich.“
„Ach so“, sagte Sondra und grinste verlegen. Dann schaute sie in den weiten Himmel.
„Danke, Gott“, sagte sie leise. „Das war voll cool.“

Für die Zeit auf deinem Ast

Glaubst du, dass Gott Sondras Gebet um Hilfe erhört hat?
Erlebst du Gottes Hilfe?
Was tust du, wenn du Gottes Hilfe erlebst?

13. Der zwölfte Geburtstag und ein Strauß roter Rosen

(Sonntag, 14.02., Morgen)

Sondra lag wach in ihrem Bett. Durch das Fenster an der Stirnseite ihres kleinen Dachzimmers konnte sie die Morgendämmerung sehen. Sie liebte diese Tageszeit, wenn es am Horizont hell wurde und das Blau des Tages das Schwarz der Nacht vertrieb. Heute kam ihr die Dämmerung besonders schön vor. Gleich würde die Sonne aufgehen und den Himmel hell färben.

„Wenn das dein Geschenk an mich ist, Gott, dann danke“, murmelte Sondra. Sie zog den Stapel Briefe unter dem Bett hervor und blätterte ihn durch. Bei einem Brief mit einer besonders schönen, blauen Briefmarke blieb sie hängen. Ein

Schmetterling war darauf zu sehen. Orange war der, mit braunen Flügelenden. Unten auf der Briefmarke stand „Papua New Guinea". Sondra setzte sich in ihrem Bett auf. Dann blätterte sie noch einmal die Briefe durch. Alle Briefmarken zeigten prächtige Motive von Reptilien, Korallen, Schmetterlingen oder Vögeln. „Papua-Neuguinea, Philippinen, Indonesien", murmelte Sondra vor sich hin und schaute wieder eine Weile aus dem Fenster. Plötzlich zuckte sie zusammen. Irgendwas war bei den Briefen komisch gewesen. Aber was?

Fieberhaft wühlte sie die Briefe durch, bis sie den gefunden hatte, der vorgestern auf ihrem Schreibtisch gestanden hatte.

„Keine Briefmarke", murmelte Sondra und tippte mit dem Finger auf die Stelle, an der eigentlich eine Briefmarke hätte sein müssen. „Und kein Stempel", flüsterte sie. „Natürlich. Er hat den Brief gar nicht geschickt." Sondra schluckte. „Er hat ihn selber eingeworfen. Deshalb hat Mama gedacht, er käme von einer meiner Freundinnen."

„Viel Glück und viel Segen auf all deinen Wegen", sang Sondras Mutter draußen vor der Tür. Sondra sprang auf und riss die Tür auf. Ihre Mutter hielt eine brennende Geburtstagskerze in der Hand. „Herzlichen Glückwunsch, mein Herz", sagte sie. „Dein Geburtstagstisch ist gedeckt."

„Wow!", sagte Sondra und blickte auf die Geschenke, die vor ihr auf dem Tisch lagen. Die Geschenkpapiere lagen verstreut überall auf dem Küchenboden. Oma Pfalz hatte ihr einen Pullover gestrickt und von Tante Daniela aus Zwickau lag eine Kette mit einem kleinen silbernen Engel auf dem Tisch. „Der Engel ist ein Zeichen dafür, dass Gott dich beschützt auf allen deinen Wegen", hatte sie auf der Karte dazu geschrieben. Und Mama hatte ihr ein neues Nintendo-Spiel geschenkt. Und eine Hose, einen Rock, ein T-Shirt und zwanzig Euro. Ein Umschlag lag noch unberührt auf dem Tisch. Sondra hatte ihn sich für zuletzt aufgehoben. Direkt neben der Geburtstagskerze stand er. Sondra griff nach dem Umschlag und öffnete ihn. Dann zog sie einen schmalen Gutschein heraus. Sondra runzelte die Stirn.

„Frankfurt Flughafen“ stand da. „Das ist, das ist ...“, stammelte Sondra.

„Genau“, sagte Sondras Mutter leise. „Ich möchte dir ein Ticket für einen Flug schenken“, sagte sie. „Klaus und ich haben vor vielen Jahren vereinbart, dass du selber entscheiden kannst, ob du ihn kennenlernen willst oder nicht. Und wir haben abgemacht, dass du diese Entscheidung treffen kannst, wenn du zwölf wirst.“ Sondras Mutter schluckte und schwieg für einen Moment. „Ostermontag könntest du fliegen“, sagte sie. „Natürlich nur, wenn du willst. Und ich muss auch noch mit Klaus klären, ob es ihm passt. Ich habe ihn lange nicht mehr gesprochen.“

Sondra saß regungslos am Tisch und starrte auf den Gutschein in ihrer Hand. „Vielleicht ...“, stammelte sie, „vielleicht brauche ich gar nicht ...“ Sondra schrak hoch, als es an der Tür läutete. Mama stand auf und öffnete.

„Ja, sie ist hier“, hörte Sondra ihre Mutter sagen, und: „Kommen Sie doch rein.“

Sondra drehte sich zur Küchentür um.

Eine Frau kam in die Küche. In der Hand hielt sie einen großen Blumenstrauß. „Du musst aber einen netten Verehrer haben“, lächelte sie und zog einen dick gewölbten Briefumschlag aus der Tasche. „Und der gehört noch dazu.“ Sie überreichte Sondra beides. „Ich wünsche einen herrlichen Tag“, sagte sie und ging.

„Da werde ich aber neidisch“, lächelte Sondras Mutter und suchte in den Küchenschränken nach einer Vase. „Darf ich neugierig sein?“, fragte sie und stellte die große Vase mit den Rosen auf den Tisch. „Von wem sind sie denn?“

Sondra setzte sich wieder. Ihre Finger zitterten und das Herz schlug ihr bis zum Hals, als sie den Briefumschlag öffnete. Ein Handy rutschte heraus. Sie hielt es in der Hand, während sie die Karte las.

Mein liebes Sonntagskind!

Heute ist dein 12. Geburtstag. Ich gratuliere dir und wünsche dir alles Glück dieser Erde. Ich hoffe, du magst Rosen. Das Handy ist mein Geschenk an dich. Eigentlich ist es mehr als ein Handy. Es ist dein Weg zu mir und mein Weg zu dir. Natürlich nur, wenn du willst. Ich kann warten und akzeptiere deine Entscheidung. Ich habe auf deinem Handy eine Nummer eingespeichert. Es ist meine. Ich bin nicht weit von dir entfernt. Das war ich in den letzten Jahren nie. Ich bin sogar näher, als du denkst.
Du sollst wissen und es nie vergessen:
Ich habe dich von ganzem Herzen lieb.

Dein K

Sondra weinte. Die Tränen liefen ihr über die Wangen und tropften auf den Küchentisch.

„Von Klaus?“, fragte ihre Mutter leise und griff nach Sondras Hand.

Sondra nickte.

Für die Zeit auf deinem Ast

Was war das schönste Geschenk zu deinem letzten Geburtstag?
Welches Geschenk ist für Sondra wohl das schönste?
Was würdest du nun an Sondras Stelle tun?

14. Reiche Beute und eine Stimme ganz nah am Herzen

(Sonntag, 14.02., Abend)

„Du willst noch weg?“, fragte Sondras Mutter irritiert und schaute vom Spülbecken hoch. Der Geschirrspüler rumpelte, seit die Geburtstagsgäste am späten Nachmittag gegangen waren. Die Luftballons und Girlanden hingen kreuz und quer durch die Küche und Konfetti lag auf dem Boden.

Sondra zog ihre Winterjacke an.

„Ich gehe noch eine Runde spazieren“, sagte Sondra entschieden.

„Es ist schon halb sieben“, mahnte ihre Mutter und zeigte mit dem Kinn auf die Küchenuhr. „Und dunkel ist es auch schon.“

„Ich brauche noch ein bisschen Ruhe“, sagte Sondra. „Ist viel passiert heute.“ Sie fühlte nach dem kleinen, silbernen Handy in ihrer Hosentasche. Sie hatte es den ganzen Tag mit sich herumgetragen.

„Geh nicht mehr so weit“, seufzte ihre Mutter und widmete sich wieder der Kuchenform im Spülwasser.

„Danke“, sagte Sondra, zog ihre Jacke über und fasste in die Tasche. Die Taschenlampe aus der Kiste in ihrem Zimmer hatte sie schon eingesteckt. Die Briefe auch. Dann zog sie die Wohnungstür hinter sich zu.

Sondra stieß das Eisentor in der Hecke auf und knipste ihre Taschenlampe an. Dann machte sie ein paar Schritte in den Park hinein.

„Freund oder Feind?“, hörte sie Robinson aus dem Baum fragen.

„Ich bin's", sagte Sondra.

„Ich weiß", antwortete Robinson und Sondra konnte hören, dass er grinste. „Ich habe dich am Tor im Licht der Straßenlaterne gesehen."

„Was willst du so spät noch hier?", fragte er verwundert, nachdem Sondra auf den Baum gestiegen und neben ihm auf dem dicken Ast im Wipfel Platz genommen hatte.

Sondra wischte die Taschenlampe an der Jacke ab. Sie hatte die Lampe beim Klettern in den Mund genommen, um beide Hände frei zu haben und die Äste sehen zu können.

„Ich hatte einen lauten Tag", sagte sie nachdenklich. „Und ich wollte noch meine Ruhe haben."

„Störe ich dich?", wollte Robinson wissen.

„Nein", versicherte Sondra, „ich hatte gehofft, dass du hier bist." Sie rutschte näher an Robinson heran, bis sie seinen Oberarm an ihrem spürte.

Dann schaute sie in den dunklen, klaren Himmel. Unzählige Sterne leuchteten und der Mond war beinahe voll. Sondra atmete tief ein und hielt die Luft an. Aber die Augen schloss sie nicht.

„Ich habe heute Geburtstag", sagte sie nach einer Weile.

Robinson war überrascht.

„Dann wünsche ich dir alles Gute und Gottes Segen", sagte er. „Hast du reiche Beute gemacht?"

Sondra kicherte. „Ich habe tolle Geschenke gekriegt." Dann fühlte sie nach dem Handy in ihrer Hosentasche. „Es waren sogar ein paar ganz besondere Geschenke dabei", sagte sie leise.

„Welche denn?", wollte Robinson wissen.

„Meine Mutter hat mir einen Gutschein für einen Flug zu meinem Vater geschenkt. Für die Osterferien."

„Krass!", meinte Robinson. „Wirst du fliegen?"

„Brauche ich nicht", sagte Sondra. „Mein Vater ist hier. Ich bin mir jetzt ganz sicher. Ich habe heute einen Strauß Rosen von ihm bekommen. Und ein Handy mit seiner Nummer drin.

Und den Brief vorgestern hat er selber in unseren Briefkasten geworfen. Keine Briefmarke. Kein Stempel von der Post. Er ist hier, ich weiß es. Ich fühle es."

Robinson schwieg.

„Willst du ihn anrufen?", fragte er nach einer Weile.

„Weiß noch nicht", sagte Sondra kurz und schaute in den Himmel.

„Ich habe kein richtiges Geburtstagsgeschenk für dich", sagte Robinson nach einer langen Weile.

„Ist doch schnuppe", meinte Sondra.

„Hat dir schon mal jemand einen Bibelvers geschenkt?", fragte er.

„Zu meiner Taufe habe ich, glaube ich, einen bekommen. Der steht in meiner Taufurkunde. Aber den habe ich vergessen", sagte Sondra leise.

„Ich schenke dir einen Bibelvers", meinte Robinson und richtete sich auf. „Gott sagt: Fürchte dich nicht. Ich habe dich bei deinem Namen gerufen, du gehörst zu mir."

Sondra fuhr zu Robinson herum. „Das ist er!", sagte sie aufgeregt.

„Was?", fragte Robinson verständnislos.

„Na, der Bibelvers, der auf meiner Taufurkunde steht." Sondra schüttelte den Kopf, so als könne sie nicht verstehen, was gerade geschah.

„Der steht irgendwo in Jesaja", sagte Robinson.

„Still", bat Sondra, legte ihre Hand auf Robinsons Arm, lehnte sich an den Baumstamm zurück und schaute in den Himmel.

„Was war?", wollte Robinson wissen, als Sondra seinen Arm losließ.

„Ich habe etwas in meinem Herzen gehört", sagte Sondra leise.

Es klang so, als würde sie sich gewaltig wundern, fand Robinson.

„Fühlt sich das so an ...“, setzte Sondra an und begann dann erneut: „Ist das so, wenn man Gott sprechen hört?“

Robinson nickte. „Es ist wie eine Stimme, die man mit den Ohren am Herzen hören kann“, versuchte er zu erklären.

„Und warum kann ich sie jetzt erst hören?“, wunderte sich Sondra.

„Na ja“, überlegte Robinson. „Vielleicht passte es bisher einfach nicht. Oder du hast nicht nach Gottes Stimme gefragt. Oder du hast keine Ohren am Herzen gehabt, oder so. Weiß ich auch nicht.“

Sondra schwieg und schaute in den Himmel.

„Ich verstehe bloß eines nicht“, meinte sie dann. „Warum ist mein Vater gestern nicht zu mir in den Park gekommen? Ich war hier. Er hat mich gesehen. Warum nicht?“

„Weiß nicht“, sagte Robinson zögernd. „Vielleicht passte es einfach noch nicht.“

„Wann passt es denn?“, fragte Sondra laut. „Wann denn?“

„Frag ihn doch“, murmelte Robinson. „Du hast doch seine Nummer.“

Für die Zeit auf deinem Ast

Hast du schon mal erlebt, dass etwas geschieht, worauf du lange gewartet hast?
Kennst du das Gefühl, dass eigentlich etwas geschehen müsste, aber es passiert nicht?
Hat dein Herz Ohren?

15. Eine unglaubliche Entdeckung und ein besonderes Wort

(Montag, 15.02., Morgen)

Sondra schlug die Augen auf und zog die dicke Decke bis zu den Ohren hoch. Es war zu früh, um aufzustehen, und es war bitterkalt im Zimmer. Gestern Abend hatte sie das Fenster an der Stirnseite ihres kleinen Dachzimmers weit geöffnet, um die Sterne am klaren Nachthimmel sehen zu können. Als sie mit dem Blick auf die Sterne im Bett gelegen hatte, war es ihr beinahe so vorgekommen, als säße sie noch im Baum. Dabei war sie eingeschlafen. Nun war es im Zimmer genauso kalt wie draußen. Sondra fühlte unter ihr Kopfkissen. Die Briefe lagen dort. Und seit gestern auch das kleine, silberne Handy. Sondra tastete unter ihrem Bett nach der Taschenlampe. Sie zog die Decke ganz über den Kopf und baute eine kleine Höhle. Dann holte sie die Briefe und das Handy unter dem Kissen hervor und knipste die Taschenlampe an.

Sie blätterte den Stapel mit Briefen durch und blieb bei einem mit einer grünen Briefmarke hängen. Der Poststempel zeigte den 21.02.2006 – gute zwei Wochen nach ihrem achten Geburtstag. Sondra zog die Augenbrauen zusammen. Die anderen Briefe waren immer kurz nach ihrem Geburtstag oder zum Weihnachtsfest eingetroffen. Dieser hier schien Verspätung gehabt zu haben. Behutsam zog Sondra das Blatt aus dem Umschlag und faltete es auseinander. Dann las sie im Schein der Taschenlampe:

Liebe Sondra,

ich hoffe, du hattest einen herrlichen achten Geburtstag. Die Sonne hat es ja freundlich mit dir gemeint.

Sondra ließ das Blatt sinken und zog die Augenbrauen noch enger zusammen. Woher wollte ihr Vater wissen, wie das Wetter an ihrem Geburtstag gewesen war? Sondra schüttelte den Kopf und las weiter.

Hat dir der Tag im Zoo gefallen?

Sondra setzte sich so plötzlich im Bett auf, dass die Decke seitlich von der Matratze rutschte und zu Boden fiel. Sie erinnerte sich. An ihrem achten Geburtstag war sie tatsächlich mit Oma Pfalz im Zoo gewesen. Sondra zog die Decke vom Boden hoch, knipste die Nachttischlampe an und die Taschenlampe aus und las weiter.

Ich hätte auch den Pferdeluftballon genommen!

Sondra holte tief Luft, zog die Augenbrauen hoch und hielt den Atem an. Sie erinnerte sich, als ob es gestern gewesen wäre. Hinter dem Affenhaus auf dem Weg zum Delfinarium hatte der Mann mit den Luftballons gestanden. Oma Pfalz hatte ihre Geldbörse gezückt, Sondra hatte lange gezögert und sich dann den Pferdeballon ausgesucht. Sondra musste lächeln, als sie sich erinnerte, wie stolz sie den Ballon durch den Zoo getragen hatte. Ihre Oma hatte ihn ihr vorsorglich am Handgelenk festgeknotet.

Sondra pustete die Luft aus. In der Kälte des Zimmers wurde aus ihrem Atem eine kleine, weiße Wolke. Woher zum Kuckuck wusste ihr Vater von dem Ballon? Sie las weiter.

Gerne wäre ich Gast auf deinem achten Geburtstag gewesen. Aber das ging leider nicht. Vielleicht wirst du eines Tages verstehen, warum nicht. Ich wünsche dir alles Glück der weiten Welt. Glaube mir und vergiss nicht:
Ich habe dich von ganzem Herzen lieb.

Dein K.

Sondra ließ den Brief sinken und sackte zurück in ihr Kissen mit dem kunterbunten Kopfkissenbezug. In ihrem Kopf wirbelte eine Frage umher: Woher hatte ihr Vater so genau über ihren achten Geburtstag Bescheid gewusst? Hatte ihre Mutter ihm vielleicht davon erzählt?

Sondra schüttelte verneinend ihren Kopf. Gestern noch hatte ihre Mutter am Frühstückstisch gesagt, dass sie mit Klaus über Jahre keinen Kontakt mehr gehabt hatte.

Ob jemand anderes Kontakt zu ihm gehalten hatte? Aber wer? Oma Pfalz oder Tante Daniela aus Zwickau?

Sondra schüttelte wieder den Kopf. Auch überaus unwahrscheinlich. Oma Pfalz war Mamas Mutter und Sondra konnte sich nicht entsinnen, dass sie je über ihren Schwiegersohn gesprochen hätte. Und Tante Daniela war Mamas Schwester. Warum sollte sie also mit Klaus auch nach seinem Weggang in Verbindung geblieben sein?

Plötzlich kam Sondra ein Gedanke, der sie für einen Moment erstarren ließ. Es war so, als würde ihr Zimmer auf einmal noch kleiner werden, als es sowieso schon war. Und gleichzeitig war es so, als würde das Dachfenster an der Stirnseite ihres Zimmers so groß wie ein Scheunentor werden. Sondra wagte es kaum, den Gedanken zu denken aus Angst, ihr Herz würde erdrückt werden oder aus dem Fenster fliegen und am Himmel Purzelbäume schlagen.

Was wäre, wenn ihr Vater an ihrem achten Geburtstag im Zoo gewesen war und ihr beim Feiern zugesehen hatte?

Sondra riss die Augen auf, als dieser Gedanke in ihrem Kopf Einzug hielt. „Unmöglich", dachte sie zugleich. Dann kam ihr eine Erinnerung, die diesen Gedanken bei Weitem übertraf. Sie erinnerte sich daran, wie sehr sie sich gewundert hatte, dass der Ballonverkäufer trotz der vielen bunten Luftballons einen langen, grauen Mantel getragen hatte. Sonst sahen solche Leute doch immer aus wie Clowns.

Sondra schlüpfte aus ihrem Bett, machte ein paar kurze Schritte und schloss das Fenster. Dann hüpfte sie zurück zum Bett und kroch wieder unter ihre warme Decke. Sie holte tief Luft, zog die Augenbrauen hoch und hielt den Atem an. Für eine lange Weile lauschte sie prüfend in die Stille des Zimmers, so als würde sie herausfinden wollen, ob die Stille um sie herum das Wort aushalten würde, das sie aussprechen wollte. Dann atmete sie langsam aus. Als sie das Wort im Kopf gebildet und den Beginn mit den Lippen geformt hatte, behielt sie es noch für einen kurzen Moment im Mund, so als wolle sie es behutsam schmecken. Dann sprach sie es leise und vorsichtig in die Stille der Welt um sie herum:

„Papa."

Für die Zeit auf deinem Ast

Wann sagst du gerne Papa zu deinem Vater? Wann nicht?
Hast du zu Gott schon einmal Vater gesagt?
Wie fühlt sich Sondra wohl, als sie das Wort ausspricht?

16. Kalter Kaffee und nichts weniger als die Wahrheit

(Montag, 15.02., Morgen)

Sondra lauschte dem Wort nach, das sie gerade in die Stille ihres Zimmers gesprochen hatte. Es hing noch im Raum so wie der Rauch in den Kleidern am Morgen, wenn man am Abend zuvor lange am Lagerfeuer gesessen hatte. Das Wort roch, wie es schmeckte, fand Sondra. Wie ein neues Paar Schuhe, die noch nicht eingelaufen waren und quietschten und knautschten, wenn man die ersten Schritte darin machte.

Sondra wagte nicht, das Wort ein zweites Mal auszusprechen. Sie griff entschlossen mit der einen Hand wieder nach den Briefen, die verstreut auf der Matratze lagen, und zog mit der anderen ihre Decke zurecht.

Dann suchte sie den Stapel nach bestimmten Briefen durch.

„Das ist doch unmöglich!“, murmelte sie dabei immer wieder vor sich hin „Schlicht und schnurz unmöglich.“

Sie griff nach dem ersten der drei Umschläge, die sie aus dem Stapel ausgewählt hatte. Als Datum stand der 19.02.2007 sauber gestempelt knapp unter der bunten Briefmarke. Er war keine Woche nach ihrem neunten Geburtstag aus Australien versendet worden. Sondra zog das Blatt heraus und überflog die Zeilen. Dann las sie:

Der Nachmittag auf der Kirmes muss dir sehr gefallen haben. Ich hätte mich nicht getraut, auf der Achterbahn zu fahren. Und die Zuckerwatte war so groß, dass ich gerne die Hälfte abbekommen hätte. Schade, dass du mir nichts abgeben wolltest.

Hastig griff Sondra nach dem nächsten Brief. Der war nicht lange nach ihrem zehnten Geburtstag abgeschickt worden.

Ich hätte mich über die Kapriolen der Clowns im Zirkus totlachen können. Ich fand es sehr mutig, dass du zu den Elefanten in die Manege gegangen bist, als der Zirkusdirektor nach einem Geburtstagskind gefragt hat. Ich war so stolz auf dich, dass ich unbedingt ein Autogramm von dir haben wollte.

Mit zittrigen Fingern nahm Sondra den Brief von der Matratze, der wenige Tage nach ihrem elften Geburtstag abgestempelt worden war.

Du siehst schon beinahe erwachsen aus. Es wundert mich nicht, dass die Kassiererin an der Kinokasse dich in den Film ab zwölf Jahren gelassen hat. Ich fand ihn auch sehr nett. Aber viel netter fand ich es, dass du das Popcorn von mir angenommen hast. Hat es dir geschmeckt?

Sondra wischte sich mit der Hand über die Stirn, so als wolle sie einen Traum verscheuchen. Auf einmal erinnerte sie sich an Dinge, die ihr vorher nie aufgefallen waren. Kurz vor ihrem elften Geburtstag hatte sie Masern bekommen und ihre Mutter hatte die Feier verschieben müssen. Am Nachmittag waren sie aus Trotz und zum Trost zu zweit ins Kino gegangen. Als ihre Mutter zur Toilette gegangen war, hatte ihr ein Mann eine große Tüte Popcorn geschenkt und ihr gratuliert. Sie hatte sich gewundert und später, als ihre Mutter nachgefragt hatte, den Mann nicht mehr entdecken können. Und im Jahr zuvor waren sie im Zirkus BimBamBino gewesen und sie war bei der Elefantendressur als Geburtstagskind in die Manege geholt worden. Danach hatte ein Mann aus dem Publikum nach ihrem Autogramm gefragt. Und im Jahr davor waren sie auf der Kirmes gewesen, und der Mann in der Zuckerwattebude hatte ihr eine riesige Portion gemacht. Dann hatte er gefragt, ob er eine Hälfte davon abhaben könne.

Sondra schluckte. Wie hatte der Mann, ihr Vater, ausgesehen? Im Zoo hatte er einen langen, grauen Mantel getragen. Hatte er einen Bart oder eine Brille gehabt? War er groß oder klein gewesen? Sie konnte sich nicht erinnern.

Aber an die Stimme konnte sie sich erinnern. Es war die Stimme, die sie in ihrem Traum in der Bäckerei gehört hatte. Es war die Stimme, die durch den Park gerufen hatte, als die beiden Idioten sie aus dem Baum schießen wollten.

Sondras Herz schlug schneller, als sie der Stimme in ihr noch einmal hinterherlauschte. Sie trug die Stimme in ihrem Herzen. Sie war ihr so kostbar wie die Briefe unter ihrem Kopfkissen oder das Handy in ihrer Hand. Sie war ihr gleich so vertraut vorgekommen. Die Stimme war anders als andere Stimmen. Andere Stimmen hörte man und man verstand die Worte. Meistens zumindest. Diese eine Stimme hatte einen wunderschönen Ton in ihr angestimmt. Sie hatte sich nicht erklären können, warum. Nun wusste sie es. Es war die Stimme ihres Vaters.

Sondra warf die Decke beiseite und sprang aus dem Bett. Sie machte drei schnelle Schritte durch ihr Zimmer und riss die Tür auf. Entschlossen stapfte sie durch den Flur in die Küche. Ihre Mutter saß am Küchentisch und hielt eine große Kaffetasse mit beiden Händen. Es sah so aus, als würde sie sich daran festhalten.

„Guten Morgen, Schatz“, begrüßte sie Sondra und schob

mit dem Fuß den Stuhl gegenüber zurück, damit Sondra sich setzen konnte.

„Warum ist mein Vater damals gegangen?“, fragte sie unvermittelt und setzte sich. „Ich will es wissen!“

„Dann erzähle ich es dir“, sagte ihre Mutter leise und stellte die Kaffeetasse beiseite. „Ich überlege schon seit einer Weile, wie ich mit dir darüber sprechen kann.“

Sondra nickte kurz und schaute ihre Mutter abwartend an.

„Klaus und ich haben uns furchtbar ineinander verliebt, als wir uns das erste Mal beim Stadtfest sahen. Es war Liebe auf den ersten Blick, so meinten wir. Wir haben ein paar wunderschöne Wochen im siebten Himmel auf rosaroten Wolken verbracht. Irgendwann hat uns der graue Alltag eingeholt. Klaus wollte in die weite Welt, nach Australien, Tasmanien und wer weiß wohin. Er wolle noch keine feste Beziehung haben. Er fühle sich zu jung, um ein Haus zu bauen und jeden Tag zur Arbeit zu gehen. Und dann ist er von einem Tag auf den anderen verschwunden. Zehn Tage später hat mir meine Frauenärztin gesagt, dass ich schwanger sei. Ich habe es Klaus erst viel später erzählen können, als er mich vom anderen Ende der Welt anrief. Wir beschlossen, dass es das Beste sei, wenn er dort bliebe und ich dich alleine großziehen würde. Mit zwölf Jahren solltest du entscheiden können, ob du ihn kennenlernen möchtest oder nicht. Danach hatte ich nur noch ganz selten mit ihm Kontakt.“

„Ich habe seine Stimme gehört“, flüsterte Sondra nach einer Weile in die Stille der Küche. „Die ganzen letzten Jahre habe ich immer wieder seine Stimme gehört. Ich wusste bloß nicht, dass es seine war.“

Für die Zeit auf deinem Ast

Kennst du solche Stimmen, die dir sonderbar vertraut vorkommen? Wer von den Menschen in deiner Umgebung hat eine solche Stimme? Was geschieht, wenn du diese Stimme hörst?

17. Mit dem Kopf im Klo und die Flucht auf den Baum

(Montag, 15.02., Vormittag)

Robinson rannte. Der Rucksack wippte auf seinem Rücken im Takt der schnellen Schritte. Gehetzt blickte er sich um. „Nicht umdrehen, Robinson, nicht umdrehen“, dachte er und wandte sich wieder nach vorne.

„Du bist schneller, wenn du dich nicht umdrehst!“ Robinson hetzte über die hintere Ecke des Pausenhofes und sprang über die Fahrradständer. Dann duckte er sich hinter die großen, grünen Mülltonnen. Vielleicht hatte er sie abgehängt. Robinson atmete heftig ein und aus. Fast hätten sie ihn erwischt. Wie konnte er auch nur so leichtsinnig sein und sich mitten in der großen Pause in der Schlange am Kiosk anstellen? War ja klar, dass er dort leichte Beute war. Er hätte in Deckung bleiben sollen. Robinson holte tief Luft und spähte an der Mülltonne vorbei auf den Schulhof. Dann zuckte er wieder zurück. Sven und Max waren verdammt nah an Robinsons Versteck. Die beiden hatten das gleiche Hobby. Sie quälten gerne andere Schüler.

Robinson hatte es erst letzten Freitag wieder am eigenen Leib erfahren. In der zweiten großen Pause hatte Sven seinen Kopf ins Klo gesteckt. Siebenmal hatte er abgezogen, bis Robinson ihm fünf Euro entgegengehalten hatte. „Klappt doch!“, hatte Sven gehässig gekichert und war mit Max zum Kiosk gerannt.

Robinson fuhr zusammen, als jemand mit voller Wucht vor den Müllcontainer trat. „Du musst dir mal ein besseres Versteck suchen!“, knurrte Sven und kam auf der einen Seite um den Container herum. „Man sieht deine Schühchen, wenn du dich hier verkriechst!“, lispelte Max und kam von der anderen Seite.

Robinson schrie nicht, als Sven und Max ihn am Zaun entlang zum Toilettentrakt zerrten. Er wehrte sich noch nicht einmal. Wenn man schrie und sich wehrte, taten Sven und Max einem richtig weh. Da halfen auch keine fünf Euro mehr.

„Raus hier!“, knurrte Sven die beiden Schüler an, die an der Pinkelrinne standen, als er und Max Robinson in das Jungenklo schleiften. „Sonderbehandlung für Robin Sondermann“, kicherte Max gehässig, trat dann die Tür zur Toilettenkabine auf und schubste Robinson hinein. Sven packte Robinson am Genick und drückte ihn vor der Kloschüssel auf die Knie. Robinson atmete auf, als er in die Schüssel sah. Keine auffälligen Rückstände von Vorbenutzern. Das machte die ganze Sache leichter.

„Fünf Euro oder Haare waschen!“, forderte Sven und drückte Robinsons Kopf in die Schüssel. „Vorwäsche“, kicherte Max gemein und zog zum ersten Mal ab.

Robinson prustete. Das Wasser war ihm in die Nase gelaufen. Er hatte nicht rechtzeitig den Mund zugemacht und die Luft aus der Nase gestoßen, als die Spülung kam. Wenn man kopfüber in der Schüssel hing, konnte das leicht passieren.

„Noch eine Hauptwäsche gefällig?“, fragte Max und griff nach dem Hebel für die Spülung. „Jetzt mach es uns nicht so schwer und rück meine fünf Euro raus!“, knurrte Sven. „Ich hab Hunger und der Kiosk macht gleich dicht. Und dann bist du schuld, dass mir der Magen knurrt. Also mach schon!“

Sven drückte Robinsons Kopf noch tiefer in die Schüssel. „Noch eine Hauptwäsche!“, nickte er Max zu.

Robinson spannte seine Muskeln an und schielte über den Schüsselrand hinweg nach Svens Schienbein. Er hatte verzweifelt in allen Hosentaschen nach einem Schein gesucht. Das Taschengeld für diesen Monat war alle und an der Tankstelle war er am Samstag nicht gewesen. Dort machte er gelegentlich den Service und putzte Scheiben, füllte Luft auf und prüfte den Ölstand. Manchmal hatte er samstagabends so viele Scheine in der Tasche, dass er viermal aus der Schüssel freikommen konnte und besser über den Monat kam. Heute hatte er keinen dabei.

Als Max den Hebel nach unten riss, trat Robinson aus. Mit der Ferse erwischte er Sven voll auf dem Schienbein.

„Was zum Henker, du kleine Ratte!“, stöhnte Sven auf und knickte ein. Dabei musste er Robinsons Genick loslassen.

Dieser kurze Moment genügte. Robinson sprang auf, schubste Max in die hintere Ecke der Klokabine und riss die Tür auf. Dann spurtete er los. Jetzt war er der Mann aus dem Buch. Robinson Crusoe. Der auf der einsamen Insel. Auf der Flucht vor den Menschenfressern. Er schlug sich durch das Dickicht der Schüler auf dem Gang vor den Toiletten. Er duckte unter den entgegenkommenden Baumstämmen aus Armen hindurch und schlüpfte an den langen Lianen aus Jacken an den Garderoben vorbei. Er sprang über die Baumwurzeln aus Schultornistern und Sportbeuteln und wich den Klassentüren aus, die aufgingen. Dann sprang er durch den Türdurchgang aus dem Unterholz auf den weiten Platz vor dem Schulgebäude und blickte sich wie ein gehetztes Tier um. An der rechten Seite das undurchdringbare Dickicht des Schulzauns. Da hinten die hohe Felsmauer des anderen Schulgebäudes. Nur weit hinten, ganz am anderen Ende der betonierten Lichtung war ein schmaler Durchlass. Eine letzte Chance. Ein Ausweg.

Robinson rannte. Der Rucksack wippte auf seinem Rücken im Takt der schnellen Schritte. Gehetzt blickte er sich um.

„Nicht umdrehen, Robinson, nicht umdrehen“, dachte er und sah wieder nach vorne. „Du bist schneller, wenn du dich nicht umdrehst!“ Hinter sich hörte er die schnellen Schritte seiner Verfolger. Robinson keuchte. Dann war er an dem Durchlass angelangt.

Robinson schlüpfte durch das Schulhoftor und bog nach links ab. Er rannte und rannte, bis er beim kleinen Park war. Dann schaute er sich um. Kein Verfolger war zu sehen. Robinson stieß das Eisentor zum Park auf und ging auf den

Baum mit der Bank zu. „Gerettet“, flüsterte er, als er auf den Baum bis oben in den Wipfel stieg. „Gott sei Dank, gerettet!“

Für die Zeit auf deinem Ast

Was tust du, wenn du Angst hast?
Hast du Gott in deiner Angst schon mal um Hilfe gebeten?
Was ist dann geschehen?
Soll sich Robinson wehren? Und wenn ja, wie?

18. Viele Stimmen und ein verwegener Plan

(Montag, 15.02., Mittag)

„Schön, dass du kommst“, sagte Robinson, als Sondra das Stück vom Tor zur Bank unter dem Baum gelaufen kam.

„Ich habe dich heute in der Schule gesucht!“, sagte Sondra. „Aber du warst nicht da.“

„Stimmt nicht“, murmelte Robinson. „Ich war da.“

Sondra kletterte den Baum hoch und setzte sich neben Robinson auf den Ast.

„Ich habe dich aber nicht gesehen“, stellte sie fest.

„Das ist gut.“ Robinson grinste schief.

Sondra runzelte die Stirn. „Wie meinst du das?“, wollte sie wissen.

„Nicht gesehen zu werden, ist gut“, erklärte Robinson leise. „Ist aber auch egal.“

„Ist es nicht!“, sagte Sondra nachdrücklich. „Denn dann hat Ole mir erzählt, dass du gerade die Haare von Max und Sven gewaschen bekommst.“ Sondra zögerte für einen Moment.

„Sagst du mir vielleicht mal, was passiert ist?"

Robinson ließ den Kopf sinken und wippte mit den Beinen auf und ab. Ole war im Jungenklo gewesen, als Sven und Max ihn dort hineingezerrt hatten. Er wusste also Bescheid. Dann sah Robinson Sondra an, als habe er einen Entschluss gefasst.

„Du willst wissen, was passiert ist?", fragte er. Sondra nickte nur.

„Sven und Max machen den Frisör mit mir, das passiert", begann Robinson zu erzählen. „Wenn sie mich in den Pausen erwischen, schleifen sie mich zum Jungenklo. Dann stecken sie mich kopfüber in die Schüssel und drücken so oft die Spülung, bis ich fünf Euro rausrücke."

Er schwieg und starrte vor sich auf die Zweige. Die letzten Tage seit dem Schneeschauer am Freitag waren warm gewesen. Bald würden die ersten Knospen zu sehen sein.

„Kannst du dich denn nicht wehren?", fragte Sondra leise.

„Wie denn?", fragte Robinson zurück. „Meine Eltern sagen mir, ich müsse mich durchsetzen. Mein Beratungslehrer sagt mir, er habe mit den beiden gesprochen und sie hätten gesagt, ich würde lügen. Die anderen aus der Klasse sagen nichts. Meine Schwester sagt mir, ich müsse einmal so heftig um mich schlagen, dass Sven und Max sich nicht mehr an mich rantrauen. Und mein Freund Luca sagt mir, ich solle warten, bis Sven und Max sich ein anderes Opfer suchen."

Robinsons Stimme war lauter geworden. Nun schrie er beinahe.

„Alle haben supertolle Vorschläge, was ich machen soll. Aber ich bin derjenige, der ständig mit dem Kopf im Klo hängt. Hast du vielleicht auch noch einen Vorschlag?"

Sondra hielt dem Blick von Robinson für einen kurzen Moment stand. Dann musste sie wegsehen, so verzweifelt sah Robinson aus. Sondra blickte durch die Äste hindurch in den Himmel.

„Halte mich jetzt nicht für bescheuert", sagte sie nach einer Weile leise und schaute Robinson an. „Aber hast du Gott das schon mal erzählt?"

Robinson nickte bedächtig. „Ich halte dich nicht für bescheuert“, sagte er schließlich. „Na klar habe ich Gott das erzählt. Immer wieder.“ Er zögerte und rutschte auf seinem Ast hin und her. „Wenn ich Gott das nicht erzählen könnte, würde ich es erst recht nicht mehr aushalten können.“ Robinson wippte wieder mit den Beinen auf und ab. „Verstehst du? Jedes Mal, wenn Sven und Max meinen Kopf ins Klo stecken wollen, verstecke ich mich hier. Dann habe ich meine Ruhe. Und wenn Sven und Max mich erwischen und mit meinem Kopf das Klo geputzt haben, komme ich auch hierhin. Es geht mir besser, wenn ich auf dem Baum sitzen und mit Gott reden kann.“

Robinson schaute Sondra prüfend an. Es kam Sondra so vor, als wolle er sehen, ob sie das, was er sagen wollte, verstehen würde.

„Ich frage mich, ob Sven und Max mich auf den Baum bringen mussten“, sagte Robinson.

„Verstehe ich nicht“, sagte Sondra, nachdem sie kurz nachgedacht hatte. „Niemand sagt den beiden Schwachköpfen, dass sie deinen Kopf ins Klo stecken sollen. Das denken sich die Schrumpfhirne schon ganz alleine aus.“

Robinson sagte lange nichts. Dann meinte er: „Wenn Sven und Max nicht gewesen wären, wäre ich nie auf den Baum gekommen. Und dann hätte ich Gott nicht entdeckt. Deshalb frage ich mich, ob Sven und Max mich auf den Baum bringen mussten.“ Er zögerte. „Und du wärest auch nicht hergekommen, wenn du den Brief nicht erhalten hättest“, fuhr er fort.

„Erinnerst du dich?“, fragte er dann.

Sondra schüttelte verwirrt den Kopf. „Na sicher erinnere ich mich, wie ich letzten Freitag in den Park gekommen bin“, meinte sie. „Ist ja nur drei Tage her.“

„Nicht das“, winkte Robinson ab. „Du hast irgendwann gefragt, warum Gott Dinge im Leben macht. Weißt du noch?“

Sondra nickte.

„Na ja“, meinte Robinson. „Er macht das, damit wir ihn bemerken, oder nicht? Woher sollten wir denn sonst wissen, dass er da ist?“

Sondra überlegte für einen Moment und wischte sich dann mit der Hand über die Stirn, so als wolle sie einen Gedanken beiseitewischen, den sie später zu Ende denken musste.

„Was hat Gott denn zu dem mit Sven und Max gesagt?“, wollte sie wissen.

„Noch nichts“, murmelte Robinson.

„Und du hast mit deinen Herzensohren ganz genau hingehört?“, fragte Sondra nach.

Robinson nickte. „Hab ich!“

„Dann müssen wir etwas unternehmen“, sagte sie energisch.

„Und was, bitteschön?“, wollte Robinson wissen. „Du hast ja mitgekriegt, wie die drauf sind, als sie dich aus dem Baum schießen wollten. Gegen die kommt man nicht an.“

„Kommt man doch“, beharrte Sondra. „Alles, was wir brauchen, ist ein guter Plan und ein paar Verbündete.“

„Du hast schon eine Idee, oder nicht?“, fragte Robinson und sah Sondra von der Seite schief an.

Für die Zeit auf deinem Ast

Welchen Rat soll Robinson annehmen und welchen soll er ablehnen?
Bist du auch manchmal unsicher, auf welche Stimme du hören sollst und auf welche nicht?
Hat Robinson recht, wenn er sagt, dass Gott Dinge im Leben macht, damit wir ihn wahrnehmen?

19. Wasser, Mehl und eine bombige Stimmung

(Montag, 15.02., Nachmittag)

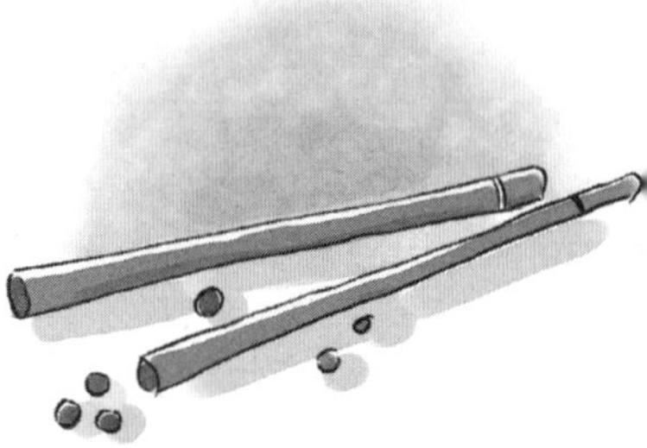

„Das ist also dein Zimmer“, stellte Robinson fest und sah sich in Sondras winziger Dachkammer um. Das Bett, das Sondra von ihrer Mutter geerbt hatte, belegte fast die Hälfte des Zimmers. Bettdecke und Kissen lagen als knubbeliges Knäuel am Fußende der Matratze. Das halbhohe Regal an der Wand unter der Dachschräge und das große Regal neben dem Fenster waren vollgestopft mit Büchern, Schulheften, Stofftieren, Spielen und der Schatztruhe. Auf dem Schreibtisch unter dem Fenster an der Stirnseite des Zimmers war ausnahmsweise halbwegs aufgeräumt. Zu ihrem Geburtstag hatte Sondra Ordnung geschafft, und die hatte fast einen Tag lang gehalten.

„Wo hast du deine Klamotten?“, wollte Robinson wissen. Sondra flegelte sich in ihren Hängesessel, der in der Mitte des Zimmers an dem niedrigen Dachbalken festgeschraubt war, und begann zu schaukeln.

„Draußen auf dem Flur.“ Sondra zeigte mit dem Kinn zur Zimmertür hin.

Robinson nickte und setzte sich auf das Bett. Der Eisenrahmen quietschte. Sondra liebte dieses Geräusch. Damit ließen sich herrliche Gruselgeschichten beginnen:

„Der Mond schien gespenstisch durch die fahle Nacht. Nebelschwaden verschleierten die Baumwipfel und ein Uhu krächzte sein trauriges Lied. Das kleine Mädchen drehte sich frierend in seinem viel zu großen Bett um. Der Rahmen quietschte so gruselig, dass ihr die Zähne juckten ...“

„Wie bitte?“, fragte Robinson und rutschte unruhig auf der Matratze umher.

Sondra grinste. Gruselgeschichten liebte sie wie wild und sie konnte aus dem Stehgreif zwei Dutzend davon erzählen. Selbsterfundene, versteht sich.

„Und jetzt?“, fragte Robinson.

„Jetzt warten wir“, antwortete Sondra und schaukelte mit ihrem Sessel so heftig, dass sie mit dem Rücken gegen das Bücherregal stieß. Die Pferdebücher auf dem oberen Regalbrett wackelten bedenklich.

„Wer kommt denn?“, wollte Robinson wissen. Er fasste nach den Eisenstäben im Fußende des Bettgestells, so als müsse er sich irgendwo festhalten.

„Alle“, sagte Sondra, „alle, die ich angerufen habe.“

„Wie viele sind es denn?“, fragte Robinson. „Ich meine, Sven und Max sind echt zwei Brummer. Gegen die können wir nicht mit drei oder vier Knirpsen anstinken. Die Menge macht es gegen die zwei, die Menge!“

„Hast du genug Rohre aus dem Baumarkt besorgt?“, fragte Sondra.

Robinson nickte und dachte an die zehn langen Plastikrohre, die draußen im Flur an der Wand lehnten. Auf dem Weg zu Sondras Wohnung war er im Baumarkt vorbeigegangen und Sondra war im Supermarkt verschwunden. Nun stapelten sich Packungen mit Mehl, Tüten mit Erbsen und Beutel mit Wasserbomben auf dem Küchentisch. Und Butterbrottüten. Sondra hatte für die Aktion fast das gesamte Geld geopfert, das sie von ihrer Mutter zum Geburtstag bekommen hatte. Das war ihr die Sache ihr einfach wert.

„Was willst du mit dem ganzen Zeug?“, hatte Robinson gefragt, aber Sondra hatte nur abgewunken und weiter telefoniert wie eine Wilde.

Robinson fuhr zusammen, als es an der Wohnungstür klingelte. Sondra sprang aus ihrem Hängesessel und rannte durch den Flur. Robinson folgte ihr. In der nächsten Viertelstunde klingelte es immer wieder an der Tür. Schließlich war die Küche gerammelt voll mit Kindern. Sondra stieg auf ihren Stuhl und räusperte sich vernehmlich.

„Hallo, ihr alle“, begann sie und schaute sich um. Ihre Freundinnen Jenny und Maja saßen gemeinsam auf einem Küchenstuhl und Lars lehnte am Herd. Franziska und Carlotta, die Zwillinge aus dem Reitverein, waren auch gekommen. Svenja und Lene saßen auf dem Küchentisch und Luca, Robinsons Freund, stand noch an der Tür. Es sah so aus, als wisse er noch nicht, ob er wirklich bleiben und mitmachen wollte. Auf den beiden restlichen Küchenstühlen flegelten sich Frederic und Philipp. Sie schuldeten Sondra noch einen Gefallen und konnten Sven und Max sowieso nicht leiden. Anna und Marie wollten später kommen und auf jeden Fall bei dem Spektakel mitmachen. Bastian und Franz waren noch beim Training. Robinson hatte Luca gefragt, ob er sie mitbringen könne.

„Danke, dass ihr gekommen seid!“, fuhr Sondra fort. „Wir haben nicht viel Zeit. Morgen haben die meisten von uns die letzten beiden Stunden frei. Da kann nach der zweiten großen Pause das Spektakel steigen. Ich hab euch ja am Telefon gesagt, worum es geht. Wir müssen Robinson helfen, sich gegen Sven und Max zu wehren.“

Robinson merkte, dass alle ihn anblickten. „Ich bin Robinson“, sagte er und hob die Hand. „Danke, dass ihr mitmacht. Das wird nicht leicht ...“

„Aber wir haben einen super Plan und wir sind viele“, unterbrach Sondra ihn.

In den nächsten zwei Stunden wurde in der Küche in der kleinen Dachgeschosswohnung fieberhaft gearbeitet. Lars, Luca, Frederic und Philipp sägten Rohre auf eine passende Länge zurecht und feilten die Mundstücke nach. Jenny, Maja, Svenja und Lene füllten Mehl in die Butterbrotbeutel und klebten diese oben mit Klebeband zu. „Sie müssen so schwer sein, dass sie aufplatzen, wenn sie auf den Boden klatschen“, erklärte Sondra. Sie stand mit Robinson am Spülbecken und ließ Wasser in die Wasserbomben laufen. Inzwischen waren zwei Wäschekörbe voll damit. Bei fünfzig Stück hatte Robinson aufgehört zu zählen.

Als alle schließlich gegangen waren, saßen Sondra und Robinson im kleinen Zimmer.

„Hast du Schiss?", fragte Sondra leise.

„Geht so", gestand Robinson. „Ich muss ja schließlich den Lockvogel machen."

Für die Zeit auf deinem Ast

Wie könnte die Gruselgeschichte, die Sondra sich ausdenkt, weitergehen? Hast du schon einmal erlebt, dass dir viele Freunde zur Hilfe gekommen sind? Hilfst du deinen Freunden, wenn sie dich darum bitten?

20. Die Sache mit der Stimme und eine Nachricht auf dem Handy

(Montag, 15.02., Abend)

Sondra nahm das kleine, silberne Handy aus ihrer Schatztruhe und hielt es Robinson hin. Er saß neben ihr auf dem Bett in ihrem winzigen Zimmer unter dem Dach.

„Krass", staunte Robinson. „Du könntest es einfach anmachen und deinen Vater anrufen?"

„Genau!", nickte Sondra und zog die Augenbrauen zusammen.

„Ich habe ihn aber schon gesehen", sagte sie leise.

„Stimmt ja", erinnerte sich Robinson. „Er war der Retter im Park. Der Mann mit dem langen, grauen Mantel. Und du hast ihn in deinem Traum gesehen."

Sondra zögerte. Dann griff sie unters Bett und holte den

Stapel Briefe hervor. „Hier“, sagte sie und legte Robinson den Stapel auf den Schoß. „Ich habe meinen Vater schon viel öfter gesehen als letzten Samstag im Park oder in meinem Traum.“

„Wie soll das denn gehen?“, wunderte sich Robinson und drehte den Stapel in seinen Händen. Sondra hatte die Briefe mit dem Bindfaden wieder zu einem Bündel zusammengebunden.

Sondra lehnte sich an das Kopfteil ihres Bettes. Über der Planung des Spektakels im Park hatte sie ganz vergessen, Robinson von dem zu erzählen, was in den Briefen ihres Vaters stand. Schnell holte sie es nach.

Robinson runzelte die Stirn. „Hat deine Mutter ihm davon erzählt?“

Sondra schüttelte den Kopf. „Kann nicht sein“, stellte sie fest. „Dachte ich auch zuerst. Aber meine Mutter hat mit ihm seit ein paar Jahren nicht mehr gesprochen.“

„Und wieso wusste er dann, wie du deinen Geburtstag gefeiert hast?“, wunderte sich Robinson.

Sondra wippte mit den Beinen. Dann ließ sie die Eisenstäbe ihres Bettgestells los, stand auf und ließ sich in ihren Hängesessel fallen. Sie stieß sich mit den Füßen ab und schaukelte eine Weile hin und her.

„Klingt verrückt“, meinte sie. „Aber mein Vater war an meinen Geburtstagen ganz in meiner Nähe. Er war im Zoo, im Zirkus, auf der Kirmes und im Kino mit dabei. Ich weiß nicht, wie er das gemacht hat, aber so muss es gewesen sein.“ Sondra schaute Robinson an, als erwartete sie eine Erklärung von ihm.

„Ich habe ihn nie bemerkt“, fuhr sie fort, als Robinson schwieg. „Ist ja klar. Ich wusste gar nicht, dass es ihn gibt. Und ich weiß bis heute nicht, wie er aussieht.“ Sondra hielt inne. „Weißt du, was richtig komisch ist?“

„Du wirst es mir sicherlich gleich erzählen“, meinte Robinson und grinste schief.

„Ich habe seine Stimme erkannt.“ Sondra schüttelte den Kopf. „Ich habe nicht gewusst, dass er mein Vater ist und ich kenne seine Stimme nicht. Aber ich habe gewusst, dass es eine besondere Stimme ist."

Robinson schaute Sondra mit großen Augen an. „Verstehe ich noch nicht", sagte er schließlich.

„Das ist so, als würdest du Süßigkeiten probieren, die du noch nie gegessen hast", versuchte sie zu erklären. „Du weißt nicht, wie sie schmecken. Und dann nimmst du ein Stück in den Mund und lutscht darauf herum. Sie schmecken so, wie du es dir immer gewünscht hast. Verstehst du? Du schmeckst es zum ersten Mal und weißt plötzlich, dass du schon ganz lange darauf gewartet hast."

Robinson nickte eifrig. „Wie Schoko-Karamell-Bonbons", stellte er fest und grinste.

„Oder Pommes mit Erdnusssoße", nickte Sondra.

Robinson schüttelte sich. „Pommes mit Erdnusssoße?", fragte er nach und zog die Mundwinkel auseinander. Er sah aus wie ein Molch mit Brechreiz, fand Sondra und musste grinsen.

„Einfach genial", nickte Sondra. „Ist ja auch egal. So war das mit der Stimme von meinem Vater. Ich habe nicht gewusst, dass es die von meinem Vater ist. Aber sie hat ...", Sondra schluckte heftig, „sie hat was in meinem Herzen gemacht."

„Was denn?", fragte Robinson leise nach.

„Ich hätte heulen und lachen können", murmelte Sondra und schluckte noch einmal. Der Kloß in ihrem Hals wollte sich einfach nicht vertreiben lassen. „Gleichzeitig!"

Robinson schwieg. Er legte die Briefe neben sich auf die Matratze und schaute Sondra an.

„Das kenne ich!" Robinson verschränkte die Hände und legte sie auf seine Beine. „Als ich das erste Mal vor Sven und Max abgehauen und auf den Baum im Park geflüchtet bin, habe ich auf einmal Gottes Stimme in meinem Herzen gehört. Oben im Baum, als ich in den Himmel geguckt habe."

Sondra nickte. Diese Stimme hatte sie auch schon einmal hören können. „Was hat Gott gesagt?", fragte sie leise.

Robinson rutschte auf dem Bett hin und her. „Nicht viel."

Seine Stimme klang, als würde er Sondra ein großes Geheimnis anvertrauen wollen. Dann sagte er die vier Worte, die er in seinem Herzen gehört hatte: „Du bist nicht allein!“

Für eine lange Weile war es ganz still in dem kleinen Dachzimmer.

„Stimmt!“, sagte Sondra. „Bist du auch nicht. Gott ist da, und morgen helfen wir alle dir, dich gegen Sven und Max zu wehren.“

Robinson griff nach dem kleinen, silbernen Handy und reichte es Sondra. „Hast du es schon mal angehabt?“, fragte er nachdenklich.

Sondra schüttelte den Kopf. Dann nahm sie es und schaltete es ein. Es dauerte einen Moment, bis das Display leuchtete. Plötzlich piepste es. Oben im Display war ein kleiner Brief zu sehen, das Zeichen für eine eingegangene SMS. Sondra öffnete die Nachricht. Es waren nur vier Worte und ein K ohne einen Schnörkel und einem Punkt dran:

Hab keine Angst. Dein K

„Wahnsinn“, flüsterte Sondra. „Einfach nur Wahnsinn!“ Dann musste sie weinen.

Für die Zeit auf deinem Ast

Hast du schon einmal erlebt, wie es ist, allein zu sein?
Was bedeutet es, wenn Gott zu Robinson sagt, dass er nicht alleine ist?
Wovor soll Sondra keine Angst haben?

21. Der Lockvogel auf dem Schulhof und ein Spektakel im Park

(Dienstag, 16.02, Mittag)

Robinson stand mitten auf dem Schulhof, trat von einem Bein auf das andere und wischte sich die schweißnassen Hände an der Hose ab. Es war eine Sache, sich in den zwei großen Pausen von Versteck zu Versteck zu schleichen und zu hoffen, dass Sven und Max ihn nicht entdeckten. Aber es war eine ganz andere Sache, sich eine Pause lang mitten auf den Schulhof zu stellen wie eine fette Maus vor der Schlangenhöhle und zu hoffen, dass die beiden ihn nicht übersahen.

Robinsons Nase war schon knallrot, so oft hatte er mit seinem Daumen daran herumgerieben. Er fühlte mit der Hand in seine hintere Hosentasche. Die fünf Euro steckten noch drin. Sondra hatte sie ihm gestern Abend noch von ihrem Geburtstagsgeld zugesteckt und gemeint, es sei für alle Fälle, sollte der Plan schiefgehen.

Plötzlich kam Sven auf den Schulhof und blickte sich suchend um. „Hey, du hässlicher Schwachkopf!“, brüllte Robinson und streckte Sven den Stinkefinger entgegen. Die Schimpfworte hatte er von Sondra noch schnell gelernt. „Wo ist denn das andere grützblöde Schrumpfhirn, mit dem du sonst immer rumläufst?“

„Hier“, sagte eine Stimme direkt hinter Robinson. Er fuhr überrascht herum und sah Max auf sich zukommen. Robinson duckte sich unter den ausgebreiteten Armen hindurch und spurtete los. Er rannte auf Sven zu, obwohl alles in ihm ihn in die entgegengesetzte Richtung zog. Der Plan wollte es so. „Ich muss völlig verrückt sein“, dachte Robinson für einen kurzen

Moment. „Du bist eine sturzdumme Schweinebacke!“, brüllte er Sven zu, als dieser bis auf wenige Schritte herangekommen war. Robinson konnte Max hinter sich keuchen hören. Er schlug einen steilen Haken an Sven vorbei und nahm Tempo in Richtung Schulhoftor auf. Dann riskierte er einen kurzen Blick nach hinten, um sich zu vergewissern, dass Sven und Max ihn tatsächlich verfolgten.

Robinson schoss durch das Tor, das den Schulhof von der Straße trennte. Hinter sich konnte er Sven fluchen hören. Dann hörte er ein dumpfes Scheppern, so als wäre einer der beiden Verfolger vor die Stahlstangen gelaufen, die den Durchgang begrenzten. Bislang hatten die beiden hier immer Halt gemacht. Heute konnte Robinson die schnellen, stampfenden Schritte hinter sich hören, als er die schmale Gasse entlangrannte.

„Der will in den Park“, hörte Robinson Sven einige Meter hinter sich rufen. „Renn du zum anderen Ausgang, sonst entwischt uns der Drecksack da!“

Robinson riss das Eisentor auf und raste zu seinem Baum. Kurz vor der Bank blieb Robinson stehen und drehte sich um. Sven kam auf dem Kiesweg langsam auf ihn zu.

„Das wirst du mir büßen, Robin Sondermann“, keuchte Sven außer Atem. „Niemand nennt mich eine Schweinebacke. Heute bekommst du eine Abreibung, die sich gewaschen hat.“

Auf der gegenüberliegenden Seite des Parks klappte das andere Eisentor auf und zu. Max hetzte über den Kiesweg auf Robinson zu.

„Ich habe dich sturzdumme Schweinebacke genannt“, sagte Robinson. „Und wir werden sehen, wer heute eine Abreibung bekommt!“

Dann drehte er sich um, sprang auf die Bank und kletterte von dort in den Baum.

„Den pflücken wir uns vom Baum“, lispelte Max gemein und sprang auf die Bank.

„Und dann lassen wir ihn solange Kies fressen, bis er

kotzt!", kicherte Sven und stieg zu Max hinauf. Dann griff er nach dem untersten Ast.

„Mülltonnen, Attacke!", schrie Sondra durch den Park.

Sven und Max fuhren herum.

Plötzlich klappten die Deckel der beiden Mülltonnen neben der Bank auf und zwei Geisterköpfe wurden sichtbar.

„Was zum Henker!", stotterte Sven verblüfft und ließ den Ast wieder los.

Die beiden Geister in den Mülltonnen setzten Blasrohre an die Mundöffnung der weißen Maske und bliesen zwei dunkle Wolken in die glotzenden Gesichter von Sven und Max. Dann klappten die Deckel wieder zu.

Für einen kurzen Moment war es totenstill in dem kleinen Park neben der alten Papierfabrik.

Dann kreischte Max auf. „Das brennt!", schrie er und rieb sich mit beiden Händen in den Augen.

„Ätzend", stöhnte Sven auf und ließ sich auf die Bank fallen. „Das ist Pfeffer", heulte er laut und vergrub sein Gesicht in den Armen.

„Blasrohrattacke, erste Salve!", schrie Sondra.

Sven und Max blickten mit geröteten, verheulten Augen auf. Es raschelte in der Hecke, die den Park umschloss. Lange Blasrohre wurden durch die dünnen Äste geschoben. Dann waren einige laute „Pfffts" zu hören.

Sven kreischte, als ihn die Erbsen aus den Blasrohren an der Stirn und auf dem Knie trafen und ließ sich von der Bank fallen. Max sprang wie von der Tarantel gebissen auf, als ihn die grünen Geschosse an der Wange und am Hinterkopf erwischten und hechtete über die Banklehne zu Boden.

Im selben Augenblick klappten die Deckel der Mülltonnen erneut auf. Die beiden Geister hoben zwei Eimer hervor und kippten sie mit Schwung über die am Boden liegenden Jungen aus. Der Schwall Wasser ergoss sich genau über sie. Dann bekamen die beiden Tonnen Beine.

Robinson musste beinahe kichern, als er die Schuhe und Hosen von Lars und Luca in schnellen Trippelschritten unter den Tonnen wirbeln sah. Lars' Vater arbeitete bei der Müllabfuhr und hatte die beiden Tonnen für eine Karnevalsparty mit nach Hause gebracht. Der Boden in den Tonnen fehlte und innen waren Hosenträger angebracht, sodass man sie bequem auf den Schultern tragen konnte.

„Was zum Henker", prustete Sven, als er die beiden Geister in den Mülltonnen davonflitzen sah.

„Schweinerei", blubberte Max und wischte sich die klatschnassen Haare aus dem Gesicht.

„Aus allen Rohren Feuer frei!", rief Sondra.

Für die Zeit auf deinem Ast

Hat es Robinson viel Mut gekostet, den Lockvogel zu spielen?
Hättest du dich das getraut?
Durfte er Sven und Max so beleidigen?

22. Sieg auf ganzer Linie und ein Sonnenuntergang im Baum

(Dienstag, 16.02., Mittag und Abend)

Sven und Max krochen stöhnend auf allen Vieren durch den Park. Das Wasser tropfte aus ihren Klamotten und sie mussten sich immer wieder mit den Händen über die brennenden Augen fahren. Die Pfefferwolken hatten gesessen. Max quiekte auf, als ihn wieder eine Erbse am Oberschenkel traf. Immer wieder waren laute „Pffts“ zu hören.

Robinson konnte Frederic und Philipp als Cowboys verkleidet hinter der Hecke nah am vorderen Eingangstor ausmachen. Anna und Marie, die Indianerinnen, standen an der Straße. Unter den langen schwarzen Umhängen der Zauberer rechts und links neben dem hinteren Eisentor steckten Bastian und Franz. Das mit den Verkleidungen war auch Sondras Idee gewesen.

„Was ist, wenn Sven und Max uns erkennen?“, hatte Luca gestern Abend gefragt, kurz bevor die Vorbereitungen abgeschlossen waren. „Ich habe keine Lust, von den beiden ins Klo gestopft zu werden.“ Die anderen hatten zustimmend genickt.

„Wir verkleiden uns“, hatte Sondra vorgeschlagen. „Dann kriegen Sven und Max nie raus, wer ihnen das Spektakel im Park bereitet hat.“

Sven stöhnte, als ihn die nächste Erbse an der Hand erwischte. „Wir müssen in Deckung“, keuchte er und krabbelte auf einen Baum zu. Dann lehnte er sich an den Baumstamm und spähte aus seinen verquollenen Augen zu den beiden Ausgängen hinüber.

„Bomben Baum eins frei!“, schrie Sondra.

Die beiden Pippi Langstrumpfs hoch oben in dem Baum, an

dem Sven und Max Deckung suchten, kippten den Eimer mit Wasserbomben aus. Ein paar Ballons zerplatzten schon an den Ästen, der Rest schlug neben Sven und Max auf. Ein kleiner Regenschauer prasselte auf die Jungen herab. Sven und Max zuckten zusammen und blickten entsetzt in dem Augenblick auf, als Svenja und Lene die Mehlbeutel fallen ließen. Als die Beutel in den Zweigen aufplatzten, rieselte eine weiße Mehlwolke auf die Jungen herab und verklebte ihre Haare, ihre Gesichter und ihre Kleider.

„Wir müssen raus hier!", heulte Sven laut und sprang auf. Max rappelte sich mühsam auf die Knie.

„Feuer aus allen Rohren und aus allen Bäumen frei!", schrie Sondra.

Sven und Max taumelten über den Kiesweg auf das hintere Tor in der Hecke zu. Immer wieder heulten und kreischten sie auf, wenn die Erbsen aus den Blasrohren sie erwischten. Jetzt warfen auch Franziska, Carlotta, Jenny und Maja aus den anderen Bäumen Wasserbomben und Mehlbeutel. Max heulte auf, als ein Mehlbeutel an seinem Kopf zerplatzte und ihn über und über in Mehl einhüllte. Sven ging in die Knie und kroch auf Händen und Füßen weiter, als mehrere Erbsen seine Beine trafen. Schließlich fiel er längs auf den Bauch und schützte stöhnend den Kopf mit seinen Armen, während rechts und links von ihm die Wasserbomben und Mehlbeutel einschlugen. Dann sackte auch Max auf den Kiesweg. Er blieb aufrecht sitzen und heulte laut.

„Genug!", wimmerte Sven und streckte die Arme über den Kopf aus.

„Wir geben auf!", schluchzte Max.

„Feuer einstellen!", rief Sondra laut.

Augenblicklich war es still im Park.

„Freier Abzug wird gewährt", sagte Sondra vernehmlich und kam hinter einem der Bäume hervor. Sie war als Königin verkleidet. „Nie wieder Kopf ins Klo!", rief sie dann laut.

„Nie wieder Kopf ins Klo!", antwortete ein Dutzend Stimmen aus den Bäumen und hinter der Hecke.

„Nie wieder!“, sagte Robinson in die entstehende Stille hinein.

Sven berappelte sich als erster. Er blickte nicht auf und schaute sich nicht um, als er langsam den Kiesweg entlangtrottete und das hintere Eisentor öffnete. „Ihr habt gewonnen“, murmelte er leise, als er hinter der Hecke verschwand. Max brauchte etwas länger. Er wischte sich die Augen vom Mehl frei und wälzte sich herum. Dann stemmte er sich auf die Knie. Schließlich stand er auf und humpelte auf den Ausgang zu.

„Nie wieder Kopf ins Klo“, lispelte er. „Versprochen!“

Robinson saß neben Sondra auf dem Ast hoch oben im Baum und schaute in den Himmel. Es hatte lange gedauert, bis sie die Spuren vom Spektakel im Park einigermaßen beseitigt hatten. Dann waren sie in den Baum gestiegen.

„Glaubst du, dass er damit zu tun hat?“, fragte Sondra plötzlich.

Robinson schreckte auf. „Wen meinst du?“, wollte er überrascht wissen.

„Na, Gott natürlich“, erklärte Sondra und zeigte mit dem Finger in den Himmel. Goldrot hing die Sonne als halbe Scheibe über dem Horizont und färbte den ganzen Himmel ein.

„Gott hat die Sonne und den Himmel und alles andere auf jeden Fall gemacht!“, nickte Robinson bestätigend. „Dann gehen Sonnenuntergänge wohl auch auf seine Kappe.“

„Und unser Sieg?“, fragte Sondra weiter.

„Weiß nicht“, sagte er. Robinson musste kurz überlegen. „In der Bibel gibt es Geschichten davon, dass Gott seinen Leuten zum Sieg bei einem Kampf geholfen hat. Aber das war damals.“

„Aber du hast doch gesagt, dass Gott auch in unserem Leben Dinge macht“, bohrte Sondra weiter.

„Tut er ja auch“, räumte Robinson ein und räkelte sich auf seinem Ast. Dann setzte er nach einem kurzen Moment hinzu:

„Aber wir haben Sven und Max schon ziemlich böse fertiggemacht, oder?“

„Das hatten sie doch auch verdient“, sagte Sondra. „Echt jetzt!“

„Ich glaube, darüber muss ich noch ein bisschen nachdenken“, murmelte Robinson und lehnte den Kopf zurück an den Baumstamm. „Auf jeden Fall danke ich dir für deine Hilfe, Sonntag“, grinste er dann.

„Heute darfst du sogar Sonntag zu mir sagen“, murmelte Sondra.

Dann sah sie zu, wie die Sonne hinter dem Horizont verschwand und einen rotgefärbten Abendhimmel hinterließ.

„Jetzt müssten wir eigentlich Gott einen Applaus geben“, flüsterte sie schließlich und lächelte.

Für die Zeit auf deinem Ast

Findest du es richtig, dass Sven und Max eine Abreibung bekommen haben? Hat Gott mit dem Sieg etwas zu tun?
Hätte es auch andere Lösungsmöglichkeiten gegeben?

23. Der Morgen danach und das Hören mit dem Herzen

(Mittwoch, 17.02., Morgen)

Sondra schaute sich suchend um. Eben war er doch noch hier gewesen. Sie hatte ihn ganz genau sehen können. Den Mann im langen, grauen Mantel. Ihren Vater. Er hatte direkt vor ihren Augen das Eisentor aufgedrückt und war in den kleinen Park gegangen.

Sondra betrat den Park. Die Sonne blendete sie. Dann konnte sie die Gestalt auf der Bank unter dem Baum sitzen sehen. Groß war der Mann, riesig groß, und er trug einen Turban. Oben im Wipfel saß ein Affe auf dem Ast, auf dem sie immer mit Robinson saß. Er trug gelbe Gummistiefel und hielt sich einen regenbogenfarbenen Regenschirm über den Kopf.

„Es schneit doch gar nicht!“, rief Sondra dem Affen zu und hockte sich neben den Riesen mit dem Turban auf die Bank.

„Ich habe mal eine Frage“, kündigte Sondra an.

„Ich höre!“, sagte der Riese. Sein unglaublich langer Schnurrbart wippte auf und ab und er rollte das „r“ sehr drollig.

„Haben Sie meinen Vater gesehen? Der muss gerade eben hier entlanggegangen sein. Er ist etwas kleiner als Sie und trägt einen langen, grauen Mantel.“

„Ein Herr, auf den diese Beschreibung passen könnte, ist mir leider nicht begegnet“, sagte der Riese und sein Schnurrbart führte ein famoses Tänzchen auf. „Aber hat die junge Dame vielleicht eine Banane für Herrn Theophilus Taugenichts?“ Der Riese wies mit dem Kinn auf den Affen im Baum und stieß dabei mit dem einen Schnurrbartende beinahe an den dicken Ast über seinem Kopf.

„Nein“, antwortete Sondra ein wenig verlegen. „Ich habe keine Banane dabei. Tut mir leid.“ Der Riese war enttäuscht.

„Haben Sie meinen Vater wirklich nicht gesehen?“, wandte sich Sondra noch einmal an den Riesen mit dem Turban. „Ich suche schon sehr lange nach ihm.“

„Und warum sollte er sich von dir finden lassen?“, fragte der Riese. Sein Schnurrbart zitterte noch, als er die Frage schon längst ausgesprochen hatte.

„Er will sich finden lassen ...“, wollte Sondra antworten, aber sie brachte keinen Ton heraus. Sie konnte nur ein heiseres Krächzen zustande bringen.

„Komm, Herr Theophilus Taugenichts“, sagte der Riese mit dem Turban und stand auf. „Die junge Dame hat keine Banane und keine Antwort für uns. Dann gehen wir eben.“

Plötzlich waren sie verschwunden. Nur der regenbogenfarbene Regenschirm baumelte noch über Sondra an einem Ast im Baum.

Hinten auf der anderen Seite im Park schloss ein Mann in einem langen, grauen Mantel das Eisentor hinter sich.

„Komm wieder her!“, wollte Sondra schreien, aber ihre Stimme gehorchte ihr nicht. Doch der Mann schien sie trotzdem gehört zu haben. Er drehte sich zu Sondra um. Sondra versuchte, sein Gesicht zu sehen, aber die Sonne blendete sie. Und dann hörte sie seine Stimme. „Warum sollte ich zu dir kommen?“, fragte ihr Vater.

Sondra wurde wach, riss die Augen auf und wischte sich die Tränen aus den Augenwinkeln. Dann zog sie die Bettdecke bis zur Nasenspitze und drehte sich so, dass sie aus dem Fenster schauen konnte. Noch war der Himmel dunkel, aber sie konnte bereits einen ersten hellen Streifen Dämmerung entdecken. Sie lauschte in die Stille ihres Zimmers.

„Warum sollte ich zu dir kommen?“, hatte ihr Vater im Traum gefragt. Und obwohl es bloß ein Traum gewesen war, brannte die Frage in ihrem Herzen.

Sondra wälzte sich auf die andere Seite und biss auf ihren Daumen. „Warum?“, fragte sie leise vor sich hin. „Warum kommst du jetzt zu mir? Warum erst jetzt? Warum überhaupt?“ Sondra biss so heftig auf den Daumen, dass sich ihre Schneidezähne zuerst weiß, dann rot im Daumen abzeichneten.
Sie griff nach den Briefen unter ihrem Bett und zog das Bündel hervor. Sie knipste die Nachttischlampe an und setzte sich auf. Dann zog sie die Blätter aus den Umschlägen, faltete sie auf und legte sie auf einen Stapel in die Deckendelle über ihrem angewinkelten Bein.

Vergiss nie und zweifle nicht daran: Ich habe dich von ganzem Herzen lieb. Dein K.

las sie am Ende des Briefes, den sie zum Weihnachtsfest 1998 bekommen sollte.

Vergiss nie und zweifle nicht daran: Ich habe dich von ganzem Herzen lieb. Dein K.

stand auch unter dem Brief, den ihr Vater zu ihrem Geburtstag im Februar 1999 abgeschickt hatte.

Vergiss nie und zweifle nicht daran: Ich habe dich von ganzem Herzen lieb. Dein K.

Vergiss nie und zweifle nicht daran: Ich habe dich von ganzem Herzen lieb. Dein K.

Vergiss nie und zweifle nicht daran: Ich habe dich von ganzem Herzen lieb. Dein K.

Sondra legte die fünf Blätter aus den Briefen wieder auf die Bettdecke zurück und schluchzte auf. „Mit einem Schnörkel und einem Schmierpunkt dran“, stammelte sie. Dann lehnte sie den Kopf an das Eisengitter am Kopfende ihres Bettes und weinte. Die Tränen liefen ihr die Wangen herunter und tropften auf die Bettdecke. Sie konnte irgendwie nicht aufhören. Und trotzdem war es ein gutes Gefühl.

Nach einer Weile schniefte Sondra auf und wischte sich energisch mit den Handballen über die Wangen.

„Weil du mich von ganzem Herzen lieb hast“, flüsterte Sondra und musste heftig lachschluchzen.

„Und ich dich erst“, sagte eine Stimme ganz nah an ihrem Herzen. Sondra riss erstaunt die Augen auf. Es war nicht die Stimme ihres Vaters gewesen, die sie mit ihren Herzensohren gehört hatte.

Für die Zeit auf deinem Ast

Warum muss Sondra plötzlich so viel weinen?
Kann sie sich sicher sein, dass ihr Vater sie von ganzem Herzen lieb hat? Von wem kam die Stimme ganz nah an Sondras Herzen?

24. Sterne an der Kellerdecke und die Frage im Ohr

(Mittwoch, 17.02., Morgen)

Robinson streckte sich ausgiebig, grunzte dumpf vor sich hin, zog den Rotz in der Nase hoch und machte dann die Augen auf. Die Sterne über ihm an der Zimmerdecke leuchteten noch. Als er letztes Jahr in den Kellerraum unten im Haus hatte ziehen dürfen, hatte seine Mutter ihm fluoreszierende Klebefolie besorgt. „Damit klebst du dir Sterne an die Decke, wenn du schon die Sonne nicht mehr zu sehen bekommst.“ Das winzige Fenster hinten in der Kellerwand ließ nicht viel Tageslicht herein. Robinson betrachtete den großen Wagen rechts über ihm. Er hatte nicht einfach ein paar Leuchtpunkte als Sterne an die Kellerdecke geklebt, sondern ganze Sternenbilder. Über und über war die Kellerdecke damit bedeckt. Und Robinson konnte sie alle benennen.

Gestern Abend, als er von dem Spektakel im Park nach Hause gekommen war, hatte er noch lange wach gelegen und seinen Gedanken nachgehangen. Erst spät in der Nacht hatte er das Licht gelöscht. Robinson setzte sich langsam auf und sah sich um. Seine Mutter hatte die Wäsche auf das uralte braune

Sofa neben der Heizung, das Robinson von seiner Oma geerbt hatte, gelegt. Die Socken und die Unterhosen lagen auf dem Ohrensessel. Er liebte diesen Sessel. Opa hatte immer darin gesessen, bevor er gestorben war. Eigentlich sollten die Sachen auf den Sperrmüll, als Oma zu ihnen in die kleine Wohnung oben unter dem Dach gezogen war, aber Robinson hatte das Sofa und vor allem den Sessel unbedingt haben wollen. Wenn er darin saß, konnte er den Kopf wunderbar gegen die Ohren an der hohen Rückenlehne lehnen. Und das Polster roch noch ein bisschen nach Opas Rasierwasser.

Nachher würde er die Wäsche noch in die Kommoden räumen, die an der einen Wand standen. Es gab drei Stück, und in jeder Kommode waren vier Schubladen. Und jede Schublade war beschriftet. „Socken" stand auf einer Schublade, „Hemden" auf einer anderen und „Hosen, lang" auf einer dritten. „Muss schlimm sein, wenn man sich in so jungen Jahren nicht mehr merken kann, wo man sein Zeug verstaut", hatte seine Schwester gemeint. In Neles Zimmer stand ein riesiger Kleiderschrank mit fünf Türen und trotzdem konnte man den Boden nicht sehen vor Klamotten, die Nele hinwarf, wo sie gerade ging und stand.

Robinson rollte sich ruckartig auf die andere Bettseite. Er zuckte zusammen, als die große Taschenlampe scheppernd aus dem Bett auf den Boden knallte. Ohne Taschenlampe konnte er nicht einschlafen. Er ließ die Taschenlampe auf dem hellbraunen Fliesenboden liegen und hing dem einen Gedanken nach, der ihn seit gestern Abend nicht mehr losließ. Er hörte Sondras Frage noch in seinem Ohr: „Und unser Sieg?" Robinson schlug mit der einen Hand auf die Bettdecke neben seinen Beinen und schielte nach dem Boxsack, der gegenüber vom Sofa von der niedrigen Kellerdecke baumelte. Am liebsten würde er die Boxhandschuhe von der Kommode holen und auf den Boxsack eindreschen. Der Haken und die Kette quietschen aber so laut, dass er damit das halbe Haus aufwecken würde. Aber dann wäre er vielleicht den Gedanken los.

„Liebet eure Feinde", murmelte Robinson. Neulich im

Kindergottesdienst hatten sie diese Stelle aus der Bibel gelesen. Neben seinem Bett lag die Bibel auf dem kleinen Nachttisch. In der Nacht hatte Robinson sie unbedingt von seinem Schreibtisch holen und die Stelle nachlesen müssen.

„Du musst lernen, dich zu wehren", hatten seine Eltern ihm geraten, als er ihnen von der Sache mit Sven und Max erzählt hatte. Natürlich hatten sie vorher mit der Klassenlehrerin gesprochen und auch mit dem Direktor. Und die Eltern von Sven hatten sie ebenfalls angerufen. Als alles nichts nutzte, hatten sie ihn zum Selbstverteidigungskurs angemeldet und dabei ziemlich traurig ausgesehen.

„Ach Mist", murmelte Robinson, wälzte sich wieder herum und lauschte in die Stille seines Zimmers. Warum konnte es nicht einfacher sein, fragte er sich. Jule hatte im Kindergottesdienst gemeint, es sei ja wohl unmöglich, seine Feinde zu lieben. „Wenn jemand mich ärgert, dann kriegt er es bei nächster Gelegenheit zurück", hatte sie schnippisch gesagt. Die anderen Kinder hatten genickt. Robinson konnte einfach nicht vergessen, was Martin, der Mitarbeiter, dann gesagt hatte: „So ist es vielleicht normal für uns Menschen. Aber es ist nicht normal für Gott. Bei Gott ist es nicht wichtig, wer mit einem Streit angefangen hat. Bei Gott ist es wichtig, wer anfängt, mit dem Streit aufzuhören. Wer an Rache und Vergeltung denkt, kann nicht anfangen, aufzuhören."

„Das kann ich nicht!", hatte Jule gesagt.

„Ich auch nicht", hatte Martin zugestimmt. „Aber Gott kann das. Er hat dafür sogar seinen Sohn sterben lassen, damit wir aufhören können, immer wieder Streit anzufangen."
Da war Jule kopfschüttelnd aus dem Raum gelaufen.

Robinson schob die Decke beiseite und robbte aus dem Bett.

„Du bist schon ein seltsamer Gott", flüsterte er, als er im Bad neben der Waschküche die Dusche aufdrehte. Als das heiße Wasser ihm auf den Kopf und den Rücken prasselte, konnte er sie auf einmal wieder hören, die Stimme ganz nah an seinem Herzen. Und sie sagte, was sie ganz am Anfang zu ihm gesagt hatte: „Du bist nicht allein!"

Robinsons Tränen vermischten sich mit dem Duschwasser, das ihm über das Gesicht rann. Er zog den Rotz in der Nase hoch und fasste einen Entschluss.

Für die Zeit auf deinem Ast

Hat dir schon mal jemand von der Aufforderung „Liebet eure Feinde“ aus der Bibel erzählt? Was hast du gedacht?
Hat die Aufforderung etwas mit Robinson, Sondra und dem Spektakel im Park zu tun?
Welchen Entschluss könnte Robinson gefasst haben?

25. Eine halbe Versöhnung und ein bisschen Staunen

(Mittwoch, 17.02., Vormittag)

Robinson stieg langsam die Treppe aus dem Keller zur Küche hoch. Es war ihm, als müsste er zwei schwere Schultornister tragen.

„Morgen, Robin!“, begrüßte ihn seine Mutter. Robinsons Vater saß schon am Frühstückstisch. Nele würde wie immer zu spät kommen. Robinson setze sich auf seinen Platz an der hinteren Seite des großen Esstisches. Er fühlte sich erst dann an einem Tisch wohl, wenn er mit dem Rücken zur Wand sitzen konnte.

„Gut geschlafen?“, fragte seine Mutter.

Robinson grunzte. „Geht so“, grummelte er vor sich hin. Er schüttete Müsli in seine Schale und goss Milch dazu.

„Unserem Robbie muss es blendend gehen", flötete Nele vor sich hin. Sie kam die letzten Stufen von der Treppe herabgesprungen. „Ist der Kaffee schon fertig?"

Nele schnappte sich eine Tasse, goss sich Kaffee ein und lehnte sich mit dem Rücken an die Terrassentür. Sie trank ihren Kaffee immer schwarz und im Stehen. Nele war ständig in Eile. Und sie war die Einzige, die ‚Robbie' zu ihm sagte.

„Ich heiße Robin", murmelte Robinson vor sich hin. „Robinson geht auch."

„Was willst du damit sagen, Nele?", fragte Dorothee Sondermann nach.

Nele nippte an der Tasse. „Na, unser Robbie wird heute der Held der Schule sein", sagte sie und fächelte sich mit der Hand kühle Luft zu. Der Kaffee schien noch heiß zu sein.

Robinson verschluckte sich an einer Haferflocke und musste husten. „Was?", fragte er.

„Was?", fragten seine Eltern gleichzeitig.

„Also", begann Nele verschwörerisch und setzte sich mit einer Pobacke auf die Tischkante.

„Unser Robbie hat gestern Mittag die beiden Quälgeister Sven und Max vermöbelt", begann sie. Dann sah sie sich nach beiden Seiten um, so als könne es unerwünschte Zuhörer geben. „Emma hat es von Sandra gehört und die hat es von Angelique und deren Schwester geht mit Svens älterem Bruder. Und die hat erzählt, wie Sven aussah, als er gestern aus dem Park kam."

„Wie denn?", fragten Robinsons Eltern gleichzeitig.

Nele beugte sich noch ein wenig weiter über den Tisch.

„Klatschnass, über und über mit Mehl bestreut, mit dicken, verheulten Augen und roten Flecken im Gesicht. Er soll den ganzen Nachmittag geflennt haben, hat Angelique erzählt."

Nele lehnte sich zurück und sah Robinson an.

„Ts, ts, ts", schnalzte sie mit der Zunge. „Wer hätte das gedacht, Robbie? Du bist ja ein ganz harter Hund." Sie stand auf und goss sich Kaffee aus der Maschine nach. Dann stellte sie ihre volle Tasse auf die Spüle und ging in den Flur. „Muss los", rief sie. „Will unbedingt noch hören, was die anderen erzählen.“ Die Haustür fiel ins Schloss.

Wie auf ein verabredetes Signal hin fuhren die Köpfe von Dorothee und Patrick Sondermann zu Robinson herum.

„Also“, murmelte Robinson und fischte mit dem Löffel eine Nuss aus dem Müsli. „Ich habe mich eben gewehrt.“

„Das ist ja zunächst mal nicht schlecht“, sagte sein Vater zögernd.

„Es fühlt sich aber nicht gut an“, meinte Robinson leise. „Es fühlt sich so an, als wäre es anders besser gewesen.“

„Ist jemand ernsthaft verletzt worden?“, fragte seine Mutter.

„Nein“, sagte Robinson und schob seinen Löffel mit der Nuss zurück in die Müslischüssel. „Nicht ernsthaft.“ Dann stand er auf.

„Willst du nicht noch mehr erzählen?“, fragte sein Vater hinter ihm her, als Robinson die warme Jacke vom Haken nahm und nach der Schultasche griff.

„Nein“, sagte Robinson. „Später vielleicht. Ich muss die Sache erst noch zu Ende bringen.“

Robinson stand in der Schlange vor dem Kiosk und trat von einem Bein auf das andere. Er schaute in die engen Flure rechts und links und spähte zum Ausgang des Schulgebäudes. Es lagen keine Tornister störend im Weg. Er würde ziemlich schnell durch die Tür fliehen können.

Robinson zuckte zusammen, als Sven und Max aus dem Klassenzimmer kamen. „Gott im Himmel, hilf mir“, murmelte er leise vor sich hin, trat aus der Schlange und ging auf die beiden zu. Sven und Max schauten nur kurz auf, als er sich ihnen in den Weg stellte.

„Hey“, sagte Robinson, als Sven und Max an ihm vorbei zur Schlange gehen wollten. „Was willst du“, fragte Sven barsch und blieb stehen.

„Ich wollte ...“, stammelte Robinson. „Ich meine ..., können wir die ganze Sache nicht einfach vergessen?“, fragte er dann.

Seine Stimmte gehorchte nicht so richtig und kratzte beim

Sprechen im Hals. „Ich wollte Frieden schließen und euch zu mir einladen“, stammelte er.

„Nein“, sagte Sven entschieden. „Sicher nicht. Ihr habt gestern gewonnen und mit Kopf ins Klo ist Schluss. Aber Frieden wird es zwischen uns nicht geben.“ Sven drehte sich um, packte Max am Arm und wollte ihn mit sich zur Schlange ziehen. Max ließ sich nicht ziehen. Er stand einfach da und streifte Svens Hand von seinem Arm.

„Was zum Henker“, knurrte Sven. Dann drehte er sich wortlos um und stapfte davon.

„Ich habe nachgedacht“, sagte Max langsam zu Robinson. Er lispelte dabei nur ein bisschen. „Ich hätte mich auch gewehrt. So wie du. Das hat ziemlich wehgetan, das im Park.“ Max schluckte und schaute auf den dunklen Linoleumboden vor sich. „Aber das mit dem Kopf ins Klo auch.“ Er blickte Robinson an. „Wir sind quitt, finde ich.“

Robinson zögerte. „Hätten wir das nicht auch anders regeln können?“, fragte er dann leise.

„Vielleicht ja“, sagte Max und grinste schief. „Vielleicht auch nicht.“ Max drehte sich um und ging auf die Warteschlange vor dem Kiosk zu. Robinson blickte hinterher.

„Wo wohnst du eigentlich, Robin Sondermann?“, drehte er sich noch einmal um.

„Winkelgasse 16“, sagte Robinson. „Wieso?“

„Na, schließlich hast du mich eingeladen“, grinste Max.

Robinson atmete tief ein. „Danke, Gott“, flüsterte er beim Ausatmen. Dann machte er einen großen Schritt auf den Schulhof.

Für die Zeit auf deinem Ast

Warum fühlt sich der Sieg im Park nicht gut für Robinson an? Glaubst du, Robinson und Max haben sich wirklich versöhnt? Warum sagt Robinson Gott heute Danke? Warum hat er das nicht gestern nach dem Spektakel im Park getan?

26. Der erste Krokus des Jahres und Jesus als Beispiel

(Mittwoch, 17.02., Nachmittag)

„Hey!“, rief Sondra, als sie Robinson hoch oben im Wipfel des Baumes entdecke.

„Auch hey!“, rief Robinson zurück. Dann schaute er überrascht nach unten. Sondra war an der Bank stehen geblieben und bückte sich jetzt. Sie betrachtete den rechten hinteren Fuß der Bank, so als gäbe es dort etwas Besonderes zu entdecken.

„Was guckst du da?“, fragte Robinson von seinem luftigen Ausguck. „Hast du eine Erbse von gestern gefunden? Da müssten noch ein paar Hundert rumliegen. Im Sommer wachsen hier bestimmt Erbsensträucher.“

„Ja, sicher“, kicherte Sondra und kniete sich hin.

„Was ist denn da?“, fragte Robinson und verdrehte den Kopf, um vielleicht doch zu sehen, was Sondra unter der Bank gefunden hatte. Dabei verlor er das Gleichgewicht und musste sich am Stamm festhalten, um nicht vom Ast zu fallen.

„Das Leben beginnt neu“, flüsterte Sondra leise und staunte. Aus der Erde neben dem rechten hinteren Fuß der Bank wuchsen ein paar grüne Spitzen und eine erste lilafarbene Krokusblüte hatte sich bereits inmitten der Spitzen geöffnet.

„Ein Krokus!“, rief sie zu Robinson hoch und zeigte mit dem Finger auf die Blüte. „Der erste Krokus in diesem Jahr!“, rief sie laut. Mit wilden Hopsern sprang sie um die Bank herum und johlte dabei: „Der Frühling ist da! Der Frühling ist da! Der Frühling ist da!“

Als sie sich schließlich beruhigt hatte, stieg sie auf die Bank und kletterte von dort aus hoch in den Baum. Inzwischen fluppte das wie geschmiert.

Robinson rückte zur Seite, als Sondra zu ihm auf den Ast balancierte. „Geht es dir gut?", fragte er und grinste. „Hummeln im Hintern" hatte sein Opa dazu gesagt.

„Ich mag den Frühling", meinte Sondra schlicht. „Schau dich doch mal um", forderte sie Robinson auf. Sie griff nach einem Zweig und zeigte auf die kleinen Knospen, die an den Spitzen und den Verzweigungen zu sehen waren.

„Das Leben beginnt neu", flüsterte Sondra noch einmal.

Es war still auf dem Baum. Robinson saß auf dem Ast, ließ die Beine baumeln und schaute in den Himmel. Sondra saß neben ihm, hatte sich mit der Schulter ein bisschen an ihn gelehnt und zeichnete mit dem Finger in der Luft vor sich die Formen der kleinen Wolken nach, die langsam über den blauen Himmel trieben. Dann malte sie eine Krokusblüte an den Himmel.

„Macht Gott das?", fragte sie in die Stille.

Robinson zuckte zusammen, so als wäre er gerade tief in Gedanken versunken gewesen und dann gestört worden.

„Was denn?", fragte er nach.

„Den Frühling", setzte Sondra hinzu.

„Irgendwie schon", stimmte Robinson zu.

Er überlegte einen Moment. „Gott hat zumindest die ganze Welt gemacht und sich das mit den Jahreszeiten so ausgedacht, dass es mit dem Frühling klappt."

„Schon ziemlich genial", meinte Sondra und schaute einer Wolke nach, die aussah wie ein Frosch auf Stelzen.

„Finde ich auch!", nickte Robinson bestätigend.

Sondra blickte den Wolken hinterher. Sie sah ein sechsbeiniges Nilpferd, eine Kuh auf einer Luftmatratze und ein Schaf mit Zylinderhut. Dann setzte sie sich plötzlich auf und musste sich an Robinson festhalten, weil sie sonst das Gleichgewicht verloren hätte und vom Ast gerutscht wäre.

„Wenn Gott die ganze Welt gemacht hat", begann sie nachdenklich, „dann hat er ja auch die Menschen gemacht, oder nicht?"

Robinson nickte. Er ahnte, was nun kommen würde. Er dachte schon die ganze Zeit genau den gleichen Gedanken.

„Dann hat er ja nicht nur dich und mich in die Welt gesetzt“, fuhr Sondra fort, „sondern auch andere Menschen.“

Robinson nickte. Er wusste, was Sondra jeden Augenblick fragen würde.

„Also auch die Menschen, die ich nicht so toll finde“, setzte Sondra nachdenklich hinzu.

Robinson nickte.

„Sven und Max auch“, meinte Sondra, und es hörte sich so an, als müsste sie gerade die knubbelige Haut vom warmen Schokopudding essen.

„Genau“, bestätigte Robinson und setzte sich auf. „Ich denke seit gestern Abend an nichts anderes mehr. Mussten wir sie wirklich so fertigmachen?“

„Klar“, meinte Sondra überzeugt. „Die brauchten mal eine richtige Abreibung. Sonst hätten die es nie geschnallt. Die haben es nicht besser verdient!“ Sondra lehnte sich an den Ast in ihrem Rücken und sah einem Eichhörnchen auf Rollschuhen nach.

„Na gut“, überlegte Robinson laut. „Vielleicht ist bei Sven und Max was schiefgelaufen und deshalb sind sie so gemein und fies zu anderen.“ Er zögerte einen Moment, dann sagte er nachdenklich: „Aber bei mir muss doch was anders sein. Ich meine, ich kenne Gott. Und ich glaube an ihn. Und Jesus kenne ich auch und glaube an ihn. Und Jesus hat es anders gemacht. Der hat seine Feinde nicht in einen Park gelockt und mit Erbsenblasrohren beschossen. Verstehst du? Der hat es anders gemacht.“

Sondra überlegte einen kurzen Moment. „Jesus hatte ein Erbsenblasrohr? Cool!“ Von Jesus hatte sie im Religionsunterricht gehört. Dass er zu Weihnachten geboren worden war und zu Ostern am Kreuz gestorben war. Und dass er von den Toten auferstanden war.

„Ach was“, winkte Robinson ab. „Eben nicht. Er hat sich

gar nicht gewehrt. Und er hat gesagt, dass wir unsere Feinde lieben sollen.“

„Du bist aber nicht Jesus“, stellte Sondra fest.

Robinson nickte. „Aber ich glaube an Jesus“, sagte er schlicht. „Und ich will es so machen, wie Jesus es vorgemacht hat. Und deshalb hätte es gestern auch anders gehen müssen. Vielleicht hätte ich zu Sven und Max gehen und sagen sollen: ‚Bitteschön! Ihr könnt meinen Kopf ins Klo stecken, so lange ihr wollt, aber ihr seid trotzdem nicht meine Feinde.‘“

Sondra sah Robinson lange von der Seite an. „Manchmal glaube ich echt, dass du ein bisschen meschugge bist“, meinte sie. Dann lehnte sie sich zurück und schaute einer Wolke hinterher, die so aussah wie ein Kürbis mit Ohren.

Für die Zeit auf deinem Ast

Freust du dich, wenn der Frühling beginnt?
Hast du schon einmal über Gottes Schöpfung gestaunt?
Glaubst du auch, dass Robinson meschugge ist, wenn er so leben will, wie Jesus es vorgemacht hat?

27. Die Sache mit der Liebe und noch mal die Sache mit der Liebe

(Mittwoch, 17.02., Nachmittag)

Sondra rutschte unruhig auf dem Ast hin und her.

„Das ist gemein!“, sagte sie schließlich in die Stille.

„Was denn?“, wollte Robinson wissen.

„Gestern Abend war ich echt zufrieden. Verstehst du? Sven und Max quälen dich, und wir machen einen Plan und alles läuft wie am Schnürchen.“

Sondra überlegte für einen Moment. „Und dann denke ich an die Kalorien!“

„Was?“, fragte Robinson verwundert. „Welche Kalorien?“

„Das ist wie mit einem Rieseneisbecher. Du hast dir die Karte angeschaut und hast dir den allerbesten Eisbecher rausgesucht. Und dann steht er vor dir und sieht mindestens so genial aus wie in der Karte. Und die Sahnehaube ist noch höher, als du dir gedacht hast, und es sind sogar zwei Kirschen ganz oben drauf, nicht nur eine. Verstehst du?“

Robinson überlegte. „Nein“, stellte er fest. „Aber wir könnten nachher Eis essen gehen. Es ist Zeit für das erste Eis des Jahres.“

„Von mir aus“, stimmte Sondra zu. „Aber das meine ich gar nicht. Du hast also dieses mörderleckere Eis vor dir stehen und nimmst den Löffel in die Hand. Und dann sagt deine Mutter: ‚Wenn ich an die ganzen Kalorien denke, die da drin stecken, vergeht mir der Appetit.‘“

„Das sagt meine Mutter nicht“, wandte Robinson ein. „Die sagt: ‚Jetzt aber rein in die hohle Wampe. Und zwar mit Tempo, dass die Augen tränen.‘“

Sondra kicherte. Dann wurde sie wieder ernst. „Das Spektakel im Park war so ein genialer Eisbecher, verstehst du? Und was machst du? Du denkst an die ganzen Kalorien. Das verdirbt mir den Appetit. Ich meine, ich kann mich gar nicht mehr richtig darüber freuen, dass der Plan so gut geklappt hat. Das ist echt ein blödes Gefühl.“ Sondra lehnte sich an den Ast in ihrem Rücken.

Robinson schloss die Augen, schaute in den Himmel und schwieg.

„Es ist wegen der Liebe“, sagte er leise. „Mit Liebe funktionieren solche Dinge eben anders.“

Sondra betrachtete Robinson. „Hast du wieder eine Stimme mit deinen Herzensohren gehört?“, fragte sie nach einer Weile.

„So ähnlich“, sagte Robinson nachdenklich. Er öffnete die Augen und sah Sondra an. „Ich habe mich gestern Abend auch gefreut. Zuerst zumindest. Das war ein genialer Plan und es war total irre, wie gut er geklappt hat. Und es war unglaublich, dass alle geholfen haben.“ Er schwieg eine Weile. „Manchmal muss man sich wehren“, gestand er sich ein. „Und ich bin echt froh, dass Kopf ins Klo vorbei ist. Aber Liebe funktioniert anders.“ Robinson überlegte, wie er das, was er dachte, erklären konnte. „Gott hat jeden Menschen gemacht, oder nicht?“, begann er.

Sondra nickte stumm.

„Er hat jeden Menschen total lieb. Auch wenn die Menschen so leben, als wäre Gott ihnen egal. Als gäbe es Gott gar nicht. Trotzdem ist jeder Mensch Gott so wichtig, dass er vor Liebe fast platzt.“

Sondra hörte nachdenklich zu.

„Und er wünscht sich, dass wir Menschen deshalb anders miteinander umgeben.“

„Und zwar wie?“, wollte Sondra wissen.

„Ich weiß auch nicht“, murmelte Robinson.

Für einige Minuten war es ganz still auf dem Baum.

Dann flüsterte Sondra zögernd: „Ich habe eine Stimme mit meinen Herzensohren gehört.“

Robinson schaute Sondra an. „Echt?"

Sondra nickte. „Heute Morgen", berichtete sie. „Ich habe die Briefe von meinem Vater gelesen. Weil ich Angst hatte, dass er mich vielleicht gar nicht mag und mich gar nicht will. Und er hat unter jeden Brief geschrieben: ‚Vergiss nicht und zweifle nicht daran: Ich habe dich von ganzem Herzen lieb.' "

„Und weiter?", wollte Robinson wissen.

„Und dann habe ich die Stimme nah an meinem Herzen gehört. Die von Gott." Es hörte sich so an, als würde Sondra sich selber erklären müssen, was passiert war, fand Robinson. Sondra schwieg lange. Dann holte sie tief Luft: „Er hat gesagt: ‚Und ich dich erst!' Gott und mein Vater haben mich von ganzem Herzen lieb. Die ganze Zeit schon. Und ich habe es bisher nur nicht gewusst und nicht gemerkt." Sondra musste wieder schlucken. Aber der Kloß in ihrem Hals ließ sich nicht runterschlucken. Sie schaute Robinson an und wischte sich eine Träne aus dem Augenwinkel. „Ist doch genial, oder?"

Robinson nickte.

„Ich hätte die ganze Welt umarmen können, heute Morgen. Sogar Sven und Max. Ich habe mich so gefühlt, als würde ich auf einer Wolke schweben." Sondra schwieg und betrachtete eine Wolke, die so aussah wie ein Herz mit Flügeln. „Das war so ähnlich wie vor ein paar Tagen, als du mich in dem Ast da drüben geschaukelt hast", meinte sie. „Nur noch ein bisschen viel besser."

Diesmal schwieg Robinson sehr lange, dann sagte er schließlich leise: „Vielleicht hätten wir Sven und Max umarmen sollen."

„Man kann es auch übertreiben", meinte Sondra.

„Nein", sagte Robinson bestimmt, „kann man nicht."

Für die Zeit auf deinem Ast

Was meint Robinson, wenn er sagt, dass man es nicht übertreiben kann? Wie findest du es, dass Gott dich schon immer von ganzem Herzen lieb hat? Hast du eine Idee, wie Robinson und Sondra Sven und Max hätten umarmen können?

28. Das kleine, silberne Handy und eine vertraute Stimme

(Mittwoch, 17.02., Abend)

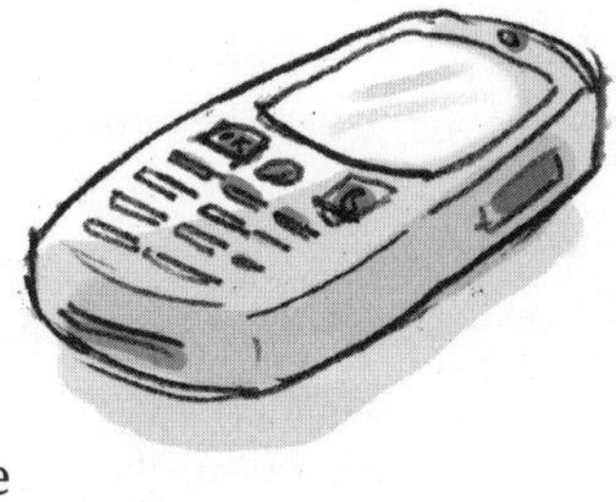

Sondra saß im Hängesessel in ihrem kleinen Dachzimmer und stieß sich mit den Füßen so heftig ab, dass sie mit dem Rücken in das Bücherregal stieß. Mit lautem Scheppern rutschte ihre Schatzkiste aus dem unteren Regalbrett auf den Boden und klappte auf. Klirrend und klingelnd rutschten die Schätze aus der Kiste über den Dielenboden. Sondra betrachtete ihre Schätze. Ein paar Münzen aus den Ländern, in die sie mit ihrer Mutter gereist war, waren bis unter das Bett gerollt. Die beiden Ringe, die sie von Tante Daniela aus Zwickau bekommen hatte, lagen noch in der Kiste und die Kette mit dem Kreuz dran, die Oma Pfalz ihr zum achten Geburtstag geschenkt hatte, hing halb aus der Kiste heraus. Sondra hatte die Kette bisher noch nicht tragen wollen. Die Steine, die so herrlich in der Hand schmeichelten, lagen auf den Dielen. Sondra erinnerte sich, wie sie die Steine aus dem kleinen Bach gesucht hatte, der vor ihrem Ferienhaus in Schweden vorbeigeflossen war.

Das kleine, silberne Handy war über die Dielen bis vor ihre Füße gerutscht. Sondra stoppte das Schaukeln ab und bückte sich.

„Abendessen ist fertig!“, rief ihre Mutter von draußen auf dem Flur. „Kommst du?“

Sondra strich Butter auf ihr Brot und schnitt sich ein paar kleine Scheiben Blauschimmelkäse ab. Den mochte sie gerne. Sie biss vom Brot ab und steckte sich zu jedem Bissen eine von den kleinen Käsescheiben in den Mund.

„Du sagst ja gar nichts“, stellte ihre Mutter fest.
„Stimmt“, sagte Sondra und kaute.
„Wie war es denn in der Schule?“
„Ganz gut“, sagte Sondra und schluckte.
„Dieser Junge, den du vorgestern mitgebracht hast, der war nett.“
„Das war Robinson“, meinte Sondra und nahm sich eine zweite Scheibe Brot.
„Komischer Name“, stellte ihre Mutter fest.
„Passt aber zu ihm“, sagte Sondra.

„Hast du das Handy schon benutzt?“, fragte ihre Mutter nach einer Weile leise.
„Nicht richtig“, antwortete Sondra. Sie holte tief Luft, zog die Augenbrauen hoch und hielt die Luft an.
„Hast du Bauchschmerzen?“, fragte ihre Mutter verwundert.
Sondra atmete aus. „Ich denke nach“, stellte sie fest. „Ich habe es angemacht und es war eine SMS drauf. Die habe ich gelesen. Und dann sind viele andere Sachen passiert.“
„Willst du Klaus anrufen?“
„Ja!“, sagte Sondra schlicht. „Es war bloß noch nicht der richtige Moment dafür.“

Gleich nach dem Abendbrot verschwand Sondra in ihrem Zimmer. Sie musste einfach allein sein. Wie immer, wenn sie über etwas nachdenken musste, saß sie im Hängesessel und schaukelte hin und her. Das kleine, silberne Handy drehte sie dabei zwischen den Fingern. Schließlich schaltete sie das Handy ein. Das Display leuchtete auf. Ihre Finger zitterten, als sie sich durch das Menü bis zu den gespeicherten Nachrichten tippte. Die eine Nachricht war noch im Speicher.
„Hab keine Angst!“, stand da.
„Hab ich aber“, flüsterte Sondra, lehnte sich zurück und lauschte in die Stille ihres winzigen Dachzimmers. Es war, als wollte sie hören, ob die Stille um sie herum das Wort aushalten würde, das sie noch einmal aussprechen musste.

„Papa“, flüsterte Sondra. Und noch einmal: „Papa.“
Sondra lauschte dem Klang ihrer eigenen Stimme nach. Als sie das Wort vor ein paar Tagen zum allerersten Mal ausgesprochen hatte, war es ihr so entsetzlich fremd vorgekommen. Wie das Wort „Tetanusschutzimpfung“. Vor ein paar Jahren war Sondra von einem Straßenköter gebissen worden. Der Arzt hatte eine Spritze aufgezogen und was von einer „Tetanusschutzimpfung“ erzählt. Sondra hatte das Wort nicht verstanden, aber die Spritze hatte wehgetan.

Heute Abend mochte sie den Klang des Wortes, das sie sich bislang so selten getraut hatte, auszusprechen.

Sondra drückte sich mit zitternden Fingern durch das Menü, bis die einzige Nummer, die eingespeichert war, im Display zu sehen war. Jetzt musste sie nur noch auf die Taste mit dem kleinen, grünen Hörer drücken. Sie legte ihren linken Daumen vorsichtig darauf.

Sondra spürte, wie ihr Herz schneller schlug. Sie starrte für einen Moment an die Zimmerdecke und holte tief Luft. Ihr Herz raste und ihre Finger zitterten so heftig, dass sie das Handy kaum noch halten konnte. Sie nahm all ihren Mut zusammen und drückte die Taste. Sondra schluckte heftig, um den Kloß aus ihrem Hals zu bekommen. Sie atmete ein paar Mal hastig ein und aus und schüttelte ihre Hände, um das Zittern aus den Fingern zu bekommen. Dann wischte sie eine kleine Schweißperle von ihrer Stirn und wartete auf das Freizeichen.

Die kleine Schweißperle lief über Sondras Zeigefinger, tropfte auf die Tastatur und fiel dann auf den Dielenboden, als Sondra das Handy mit zitternden Fingern an das Ohr hob.

Es klingelte einmal.

Sondras Herz schlug ihr bis zum Hals.

Es klingelte zum zweiten Mal.

Sondra atmete heftig ein und aus und flüsterte: „Hilf mir, Gott!“

Sie spürte, wie sich plötzlich eine wohltuende Ruhe in ihr ausbreitete. Das Atmen fiel ihr leichter und das Zittern ihrer

Finger ließ nach. Sondra lehnte sich in ihrem Hängesessel zurück und stieß sich mit den Füßen ab.

Es klingelte zum dritten Mal.

Die Abendsonne schien durch das Fenster an der Stirnseite des winzigen Dachzimmers und bedeckte Sondras Gesicht mit einem orange-roten Schimmer, als sie durch den Sonnenstrahl schaukelte.

Dann knackte es im Handy.

„Hier ist Klaus“, sagte die Stimme, die ihr so seltsam vertraut vorkam.

„Ich bin es“, sagte Sondra.

Für die Zeit auf deinem Ast

Kennst du das Gefühl, wenn eine Unruhe in dir auf einmal nachlässt?
Hast du auch schon mal erlebt, wie Gott dir hilft?
Wie geht das Telefongespräch weiter?

29. Gesang unter der Dusche und Tango auf dem Schulhof

(Donnerstag, 18.02., Morgen und Vormittag)

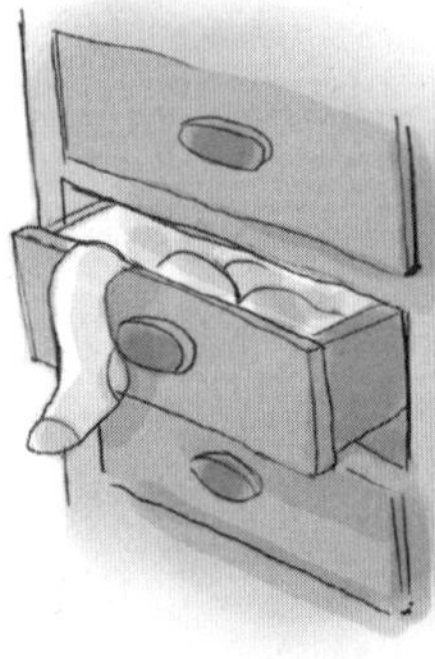

Robinson stand unter der Dusche und sang. Es hörte sich schrecklich schief an, aber das störte Robinson nicht die Bohne. Musste wohl am Stimmbruch liegen, hatte Doc Reimers, sein Kinderarzt, gesagt. Vor vier Wochen hatte er eine schlimme Erkältung gehabt, und danach war seine Stimme nicht wieder normal geworden.

Robinson stimmte die zweite Strophe von „When Israel was in Egypt's land“ an und drehte die Dusche auf kalt. So ein Lied musste schmutzig klingen, fand Robinson. Da kamen die falschen Töne gerade richtig. Und wenn das Wasser kalt war und die Stimme schief, konnte er famos schmutzig singen.

Robinson trat aus der Dusche, schlang sich ein Handtuch um die Hüften und watschelte tropfnass über den Fliesenboden in seinem Kellerzimmer zur hinteren Kommode. Er nahm buntgestreifte Socken aus der Sockenschublade und eine rote Unterhose aus der Unterhosenschublade und warf die Wäsche auf die Matratze. „Yeah!“, murmelte er. „Treffer!“

Robinson knöpfte sich das buntgestreifte, kurzärmelige Poloshirt nur bis zum zweitobersten Knopf zu und zog die Jeans hoch. Den Gürtel brauchte er heute nicht, die Hose durfte schlabbern. Dann schlüpfte er in seine kanariengelben Gummistiefel und schnappte sich seine hellgrüne Jacke. Ihm war heute furchtbar farbig zumute.

„Willst du heute als Attraktion im Zirkus auftreten, Robbie?“, fragte Nele und zog die Mundwinkel breit, als sie Robinson die Treppe hochkommen sah. „Als sprechender Blumenstrauß mit Gummistiefeln? Da bluten einem ja die Augen!“

Robinson hielt ihr die Küchentür auf. Nele konnte ihm heute nicht querkommen.

„Wie ist eigentlich die Geschichte mit Sven und Max weitergegangen?“, wollte seine Mutter wissen, als sie Nele die Tasse Kaffee reichte und ihm das Müsli zuschob.

„Unser Robbie ist ein Weichei“, plapperte Nele los. „Emma hat erzählt, dass er sich direkt in der ersten Schulpause an Sven und Max rangeschmissen und um Frieden gebettelt hat.“

„Stimmt“, sagte Robinson ungerührt.

„Echt, Robbie“, meinte Nele, „da hast du einmal in deinem Leben den Helden gemacht und gleich am nächsten Tag kriechst du zu Kreuze. Wie steh ich denn jetzt vor meinen Freundinnen da?“

„Meine Güte, Nele“, mischte sich Patrick Sondermann, der Vater der beiden, ein. „Es geht bei der ganzen Sache sicherlich nicht um dich.“

Nele zog einen Schmollmund und nippte an ihrem schwarzen Kaffee.

„Was war los?“, wollte Robinsons Mutter wissen und schaute ihn an. „Erzähl mal!“

„Nichts war los“, meinte Robinson und grinste. „Ich habe versucht, Sven und Max ein bisschen zu umarmen.“

Nele verschluckte sich und hustete ausgiebig.

„Max kommt vielleicht in den nächsten Tagen mal vorbei“, fuhr Robinson grinsend fort. „Wir wollen was zusammen anstellen.“

Robinson ging über den sonnigen Schulhof auf die drei grünen Bänke neben den beiden Tischtennisplatten zu. Er hatte sie neulich bemerkt, als er auf der Suche nach einem passenden Versteck vorbeigehuscht war. Die Bänke waren neu und standen in den beiden Pausen mitten in der Sonne. Robinson hatte die aus der neunten und zehnten Klasse oft dort gesehen. Bestimmt waren die Bänke bereits der neue Stammplatz der Großen geworden, dachte Robinson. Heute war noch eine Bank frei.

Robinson setzte sich mitten auf die freie Bank und schloss die Augen. Die Sonne schien ihm warm ins Gesicht. Er hörte die anderen auf dem Schulhof. Neben ihm auf den beiden anderen Bänken erzählten die Großen vom Feiern bis zum Reihern und Motorrollern. Und vom Stress mit den Alten. Der Tischtennisball machte ein gedämpftes „Plopp“, wenn er von den Schlägern geschlagen wurde, und ein helleres „Pling“, wenn er auf die Platte aus Beton prallte. Das Stimmengewirr war wie der Wellenschlag am Felsenstrand, fand Robinson. Im letzten Sommer waren sie mit der ganzen Familie in Kroatien gewesen. Nele hatte immerzu genervt, dass die Sonne zu heiß, die Leute zu langweilig und das Essen zu fett wäre. Robinson hatte es gefallen. Am liebsten hatte er mit geschlossenen Augen auf den großen Felsen im Meer gelegen und gelauscht. Die Wellen waren gegen die Steine gebrandet wie die Stimmen auf dem Schulhof in seine Ohren.

Plopp. Pling. Plopp.

„Steh auf, Robin Sondermann“, sagte eine vertraute Stimme.

„Wozu?“, fragte Robin und machte die Augen nicht auf.

„Weil ich mit dir Tango tanzen will!“, sagte Sondra. Robinson konnte hören, wie sie dabei über beide Backen grinste.

„Ich habe heute Morgen unter der Dusche gesungen!“, meinte Robinson. „Das reicht. Da muss ich nicht auch noch Tango tanzen!“

Pling. Plopp. Pling.

„Und ob“, meinte Sondra. „Wer an einem solchen Tag mit gelben Gummistiefeln mitten auf der Bank der Großen sitzt und blöde in die Sonne grinst, muss mit mir Tango tanzen bis die Socken qualmen.“

„Ich kann keinen Tango“, seufzte Robinson und rutschte ein wenig zur Seite, sodass Sondra ihm nicht mehr in der Sonne stand.

„Macht nix“, meinte Sondra, „ich auch nicht.“

Plopp. Pling. Plopp.

Robinson und Sondra tanzten über den sonnigen Streifen vor

den drei Bänken auf dem Schulhof. Tango ging anders, aber das war ihnen pupsegal. Es war still um sie herum, als sie sich immer wieder drehten. Sie hörten das Lachen der Großen nicht und das Schreien und Johlen der anderen auf dem Schulhof auch nicht. Sie hörten kein Plopp und kein Pling. Sie hörten die Sonne scheinen und eine Stimme nah am Herzen, die immer wieder sagte:

„Vergiss es nie und zweifle nicht daran: Ich habe dich von ganzem Herzen lieb!“

Für die Zeit auf deinem Ast

Kennst du diese Tage, an denen es dir richtig gut geht? Was machst du an solchen Tagen?
Warum tanzen Sondra und Robinson auf dem Schulhof?
Hast du auch schon mal eine „Stimme nah am Herzen“ gehört?

30. Das Telefonat des Schweigens und eine Rose im Knopfloch

(Donnerstag, 18.02., Nachmittag)

Sondra hopste an der Fußgängerampel über die Hauptstraße und ging Achterbahn auf der Gehwegkante zum Eisentor in der Hecke. Achterbahngehen passte heute wie Schokostreusel auf ein Nutellabrötchen. Sondra trat mit einem Bein auf die Gehwegkante und mit dem anderen auf den niedrigeren Straßenrand. Das war wie das Auf und Ab in der Achterbahn im Vergnügungspark, nur eben zu Fuß.

„Kannst du nicht normal gehen?“, hatte ein älterer Herr vorhin hinter ihr hergerufen, als sie an den Geschäften entlang Achterbahn gelaufen war.

„Och nö“, hatte sie gelacht und alle sieben Schritte eine Drehung eingebaut. Manchmal kamen ihr die Autos auf der Straße allerdings ziemlich nah, und ihre Mutter würde bestimmt motzen, wenn sie dabei wäre.

„Sonntag!“, rief Robinson ihr durch den Park zu, als sie das Eisentor hinter sich schloss und über den Rasen neben dem Kiesweg zur Bank unter dem Baum lief. Robinsons gelbe Gummistiefel leuchteten wie immer aus den Ästen heraus.

Sondra platze beinahe, so sehr wirbelten die Neuigkeiten in ihr. Heute Morgen in der Schule war keine Zeit für Neuigkeiten gewesen. Und außerdem hätten diese Neuigkeiten sowieso nicht auf den Schulhof gepasst. Die gehörten in den Baum, fand Sondra.

Sie stieg auf die Bank und kletterte auf den ersten Ast. Dann zögerte sie für einen Moment und schaute am Stamm vorbei in den Himmel.

„Was hast du?“, wollte Robinson wissen. „Weißt du nicht mehr, wie du den Baum hochkommst?“

Sondra antwortete nicht. Sie stand auf dem Ast, lehnte am Stamm und schaute durch die Zweige in das Blau über ihr.

„Es ist wie eine Treppe“, sagte sie leise, atmete tief ein, zog die Augenbrauen zusammen und hielt die Luft an.

„Eine Treppe?“, fragte Robinson verwundert.

Sondra schaute ihn an. „In den letzten Tagen bin ich auf einen Baum geklettert, verstehst du? Heute steige ich eine Treppe in den Himmel rauf.“

„Noch eine Stufe“, murmelte sie dann und zog sich auf den nächsten Ast. „Und noch eine Stufe.“

„Ziemlich nah am Himmel“, sagte sie und grinste Robinson an, als sie sich neben ihm auf den Ast oben im Wipfel setzte, den Rücken an den Stamm drückte und die Beine baumeln ließ.

Robinson grinste schweigend zurück, lehnte den Kopf zurück und schaute in den Himmel. Es war still im Park.

„Ich habe es getan“, flüsterte Sondra.

„Tango getanzt auf dem Schulhof?“, grinste Robinson vor sich hin. „Ich auch. In Gummistiefeln.“

„Angerufen.“

Das Wort hing zwischen den Ästen und brauchte eine lange Weile, bis es verklungen war.

„Echt?“, fragte Robinson und drehte sich langsam zu Sondra, so, als wäre ihr Wort wie die gefrorene Eisschicht auf dem Ententeich ein Stück hinter den Bauernhöfen. Es hatte komisch im Bauch gekribbelt, als er vor ein paar Wochen mit Luca ausprobiert hatte, ob das Eis schon hielt.

„Ja“, sagte Sondra. „Gestern Abend.“

Robinson biss sich auf die Unterlippe. Es kribbelte immer noch im Bauch.

„Wie war es?“, fragte er nach.

„Wunderschön“, sagte Sondra.

„Was hat er gesagt?“

„Nicht viel“, meinte Sondra, „ich auch nicht. Wir haben viel nichts gesagt. Das war gut.“

„Versteh ich nicht“, erwiderte Robinson. „Da hören du und dein Vater sich zum ersten Mal im Leben und ihr schweigt die ganze Zeit?“

„Ich habe ihn nicht zum ersten Mal gehört“, stellte Sondra richtig. „Und es war so, als hätte ich seine Stimme immer schon gehört, ohne zu wissen, dass sie von ihm war.“

„War es die Stimme, die du auf der Kirmes und im Zoo und im Kino und im Zirkus und im Traum und hier im Park gehört hast?“, fragte Robinson.

Sondra nickte und lächelte leise vor sich hin.

„Und warum war Schweigen gut?“, wunderte sich Robinson.

Für einen Moment war es wieder still auf dem Baum. Sondra überlegte, wie sie es Robinson erklären konnte.

„Weißt du noch, als ich letzte Woche zum ersten Mal zu dir auf den Baum geklettert bin?", begann sie.

„Das ist noch nicht mal eine Woche her", schüttelte Robinson verwundert den Kopf.

„Du hast gesagt, ich solle in die Stille hören", fuhr Sondra fort.

Robinson nickte. „Stimmt."

„Weil man in der Stille viel hören kann."

Robinson schaute Sondra an. „Ach so", begriff er.

„Ich habe ganz viel gehört, als wir nichts gesagt haben", meinte Sondra leise und schloss die Augen. Sie konnte das schöne Schweigen noch nachschmecken wie den Himbeersirup auf dem Eis, der noch süß im Mund hing, wenn die Reste auf dem Löffel in der Schüssel schon längst getrocknet waren.

„Und wie geht es jetzt weiter?", fragte Robinson nach einer Weile.

„Mit einer Rose im Knopfloch", antwortete Sondra. Dann erzählte sie weiter: „Wir treffen uns. Ich und mein Vater. Morgen Nachmittag um vier. Hier an der Bank unter unserem Baum." Sondra grinste. „Mein Vater hat gelacht, als ich das vorgeschlagen habe, und gemeint, das wäre ja ein romantisches Date. Und dann hat er gesagt, er würde sich zur Sicherheit mal eine Rose ins Knopfloch stecken."

Das Eisentor klappte auf und zu.

Die beiden sahen zu, wie Fürst Pückler mit Käpt'n Bismarck in den Park kam. Gelbe Löcher konnte Käpt'n Bismarck nicht mehr in den Schnee pinkeln. Es war kein Schnee mehr da.

„Morgen Nachmittag", wiederholte Sondra.

„Wow!", sagte Robinson. „Hast du Schiss?"

„Nee. Irgendwie anders", meinte Sondra leise. „Es ist so, als würde ich an Weihnachten Geburtstag haben."

„Versteh ich nicht!" Robinson schaute Sondra fragend an.

„Na ja", sagte Sondra. „Eigentlich müsste ich doppelt Geschenke kriegen. Aber wer kriegt wirklich doppelt, wenn Weihnachten und Geburtstag auf einen Tag fallen?"

„Versteh ich", antwortete Robinson leise und legte seinen Arm um Sondras Schultern.

Für die Zeit auf deinem Ast

Kannst du verstehen, wie Sondra sich fühlt?
Hast du auch schon einmal große Erwartungen gehabt? Wie war das?
Wie fühlst du dich, wenn du befürchtest, dass deine Erwartungen nicht erfüllt werden?

31. Die Rache im Park und eine Rose im Mülleimer

(Freitag, 19.02., Nachmittag)

„Nun sind wir also hier", sagte die Stimme an der Bank unter dem Baum.

Sie klang böse. Und im Knopfloch steckte keine Rose.

Robinson musste sich am Ast festklammern.

Als das Eisentor in der Hecke schepperte, hatte er gedacht, Sondra wäre in den kleinen Park neben der alten Papierfabrik gekommen. Er hatte die Augen nicht aufgemacht. Aber gewundert hatte er sich. Es war erst kurz vor drei. Heute Morgen in der ersten Pause auf dem Schulhof hatte Sondra ihn noch gebeten, ab Viertel vor vier nicht mehr im Baum rumzuhängen, weil sie dann in den Park kommen und auf ihren Vater warten wollte.

„Null problemo!", hatte Robinson zugesagt.

„Nun sind wir also hier." Nur fünf Worte, doch sie ließen Robinson vor Angst zittern.

„Du machst mir keine Angst mehr", sagte er und merkte in dem Moment, als er die Worte aussprach, dass sie viel zu leicht waren. Der Satz verflog so schnell wie ein heimlicher Furz im Sturm, sodass er noch nicht einmal an der Bank unter dem Baum ankam.

„Nun sind wir also hier", sagte Sven und zog seine Steinschleuder aus der hinteren Hosentasche. „Nur noch du und ich. Und jetzt bringen wir es zu Ende."

Sven schaute ernst, als er Robinson lange ansah und seine Augenlider zuckten nicht ein einziges Mal.

Robinson vermisste sein gemeines Grinsen.

Der Junge unten an der Bank bückte sich bedächtig und wählte sorgsam einige große Steine aus.

Stille lag über dem kleinen Park neben der alten Papierfabrik, als Sven den ersten Stein in das kleine Stück Leder legte, auf Robinson zielte und die beiden Gummibänder bis zum Äußersten spannte.

Robinson wollte schreien, aber seine Stimme kam gegen die Stille nicht an. Dieses Mal gab es keinen Ausweg. „Nicht!", krächzte er. „Gott im Himmel."

Die Zwille surrte kurz, als Sven den Stein abschoss.

Robinson schrie nicht, als der Stein seine Stirn aufriss und seine Hände vom Ast rutschten. Stumm fiel er nach hinten und stürzte ins Leere. Der Himmel war blau, als alles um ihn herum schwarz wurde.

Es war Viertel vor vier, als Sondra auf das Eisentor in der Hecke zulief. Als sie an den Geschäften entlanggegangen war, hatte sie versucht, Achterbahn zu laufen und es gleich wieder gelassen. Achterbahnlaufen ging nicht, wenn das Herz Karussell fuhr. Im Knopfloch ihrer Jacke steckte eine rote Rose. Sondra wechselte das Handy von der einen Hand in die andere und fühlte nach den Briefen, die sie tief in die Jackentasche gesteckt hatte. Dann legte sie die Hand auf den Griff vom Tor.

„Da liegt einer im Park und blutet!", rief Fürst Pückler und kam rasend schnell auf das Tor zugehumpelt. Käpt'n Bismarck hechelte.

Sondra riss das Tor auf und stürmte an Fürst Pückler vorbei

in den Park. Ihr Herz setzte für einen Schlag aus, als sie die gelben Gummistiefel hinter der Bank auf dem Boden entdeckte.

„Robinson!“, schrie sie und hetzte auf die Bank zu. Ihre Stimme klang so schrill, dass Sondra sie selbst nicht erkannte. Das Eisentor auf der anderen Seite im Park schepperte in diesem Augenblick. Sie fuhr herum und konnte eben noch einen Mann sehen, der aus dem Tor auf den Parkplatz lief und dann an der Hecke entlang verschwand.

Der Mann hatte einen langen, grauen Mantel an.

„Warte“, schrie Sondra. „Geh nicht weg!“

Für einen Moment, der ihr ewig vorkam, stand sie wie gelähmt. Dann löste sich ihre Erstarrung und sie sprang an der Bank vorbei auf die verkrümmt am Boden liegende Gestalt zu.

„Robinson!“, schrie sie wieder und kniete sich neben ihm auf den Boden. Dann war es totenstill im Park.

Sondra kauerte neben Robinson auf dem Boden und hielt seine Hand fest. Sein Gesicht war blutüberströmt und sein Atem ging flach. Sein Bein lag komisch verdreht da. Sondra hatte ein paar Mal seinen Namen gerufen und ihn vorsichtig geschüttelt, aber Robinson hatte sich nicht gerührt und keinen Mucks von sich gegeben. Dann hatte sie mit ihrem Handy den Krankenwagen angerufen. Sondra hörte die Sirene schon auf der Straße. Gedämpft klang sie durch die Hecke hindurch. Ein Auto blieb vor dem Park stehen und Türen klappten. Das Eisentor knirschte und Schritte näherten sich über den Kiesweg.

„Hier“, schrie Sondra, ohne aufzusehen. „Hier sind wir!“

„Lass mich da mal dran“, sagte der Sanitäter und kniete sich zu Sondra neben Robinson auf den Boden. „Was ist passiert?“, wollte er wissen, während er Robinson abtastete.

„Ich weiß es nicht“, sagte Sondra. „Ich wollte zu einer Verabredung mit meinem Vater in den Park. Robinson lag hier auf dem Boden und hat sich nicht gerührt. Und da habe ich den Krankenwagen gerufen und seine Hand genommen. Ich musste bei ihm bleiben. Ich bin doch schließlich seine Sonntag.“

Sondra schossen die Tränen in die Augen.

Der Sanitäter ließ seine Hand für einen Moment auf Robinsons Bein ruhen, dann wandte er sich an seinen Kollegen, der inzwischen an Robinsons anderer Seite kniete.

„Wir brauchen die Trage“, sagte er. „Beinfraktur und vermutlich Schädel-Hirn-Trauma. Mindestens auch Kopfverletzung.“

Der Kollege sprang auf und lief zurück zum Krankenwagen.

„Heißt dein Freund wirklich Robinson?“, fragte der Sanitäter.

„Nein, er heißt Robin Sondermann!“, sagte Sondra und wischte sich die Tränen von der Wange.

„Hast du die Telefonnummer seiner Eltern?“, wollte der Sanitäter wissen.

Sondra schüttelte stumm den Kopf.

„Nicht schlimm. Kriegen wir auf der Fahrt ins Krankenhaus raus“, nickte der Sanitäter.

„Wird Robinson wieder gesund?“, fragte Sondra.

„Wir tun unser Bestes“, sagte der Sanitäter und blickte sich nach seinem Kollegen um, der mit der Trage in den Park kam.

„Willst du mit ins Krankenhaus fahren?“, fragte er.

Sondra überlegte kurz. „Nein“, sagte sie, „ich muss hier erst noch was erledigen.“

Dann stand sie auf, zog die Rose aus dem Knopfloch ihrer Jacke und warf sie in den Mülleimer neben der Bank.

Für die Zeit auf deinem Ast

Wie geht es Sondra? Was denkt sie? Was fühlt sie?
Warum wirft sie die Rose in den Mülleimer?
Was muss sie noch erledigen?

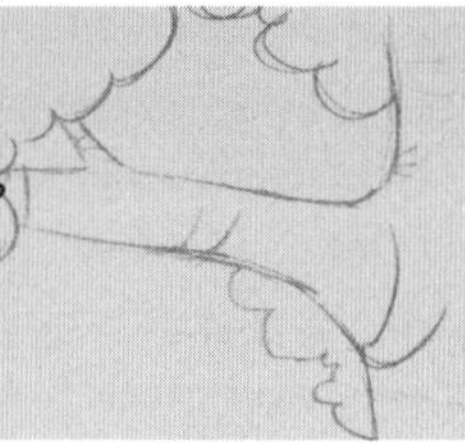

32. Die Klage im Baum und der weinende Mann an Gleis 2

(Freitag, 19.02., Abend)

Sondra stand auf der Bank und blickte hinauf in den Wipfel. Gestern war ihr der Weg über die Äste bis in die Baumkrone wie eine Treppe in den Himmel vorgekommen. Heute war er wie ein steiler, steiniger Anstieg einen Berg hinauf. Und oben auf dem Berg war dichter Nebel.

Sie hörte, wie die Türen des Krankenwagens, der draußen vor der Hecke stand, zugeschlagen wurden und der Motor gestartet wurde. Sondras Beine zitterten, als sie auf das Geräusch wartete, das gleich kommen musste. Dann kam es. Und obwohl Sondra schon darauf gewartet hatte und obwohl die Hecke rund um den kleinen Park es dämpfte, stach es ihr lauthals mitten ins Herz: das schrille Heulen des Martinshorns.

Jedes Heulen rief ihr das schreckliche Bild, das sie gerade im Park gesehen hatte, zurück ins Gedächtnis: Robinson, der blutüberströmt hinter der Bank unter dem Baum lag und keinen Mucks mehr von sich gab.

Im Takt des Horns erklomm Sondra den Baum.

Tatü – der erste Ast. Tata – der zweite Ast. Tatü – der dritte Ast. Tata – der vierte Ast. Als das Heulen in der Ferne verschwand, erreichte sie den Wipfel.

Sondra setzte sich auf Robinsons Ast und lehnte sich an den Stamm. Sie musste sich mit beiden Händen an den Ästen festhalten, so sehr zitterte sie. Ihr Herz raste und schlug ihr bis in den Hals. Sondra atmete tief ein, zog die Augenbrauen hoch, hielt die Luft an und schloss die Augen. In den Himmel wollte sie nicht schauen.

Nach einer langen Weile öffnete Sondra die Augen.

„Mal ehrlich, Gott“, sagte sie laut mitten hinein in die Stille, „was soll der Mist?“ Sondra spürte, wie der Ärger in ihrem Bauch zu einem dicken Klumpen wurde und die Wut heiß in ihr hochstieg.

„Ich will ja nicht unhöflich sein, aber da stimmt doch was nicht!“

Sondra beugte sich nach vorne und starrte in den Himmel.

„Der Robinson kennt dich vielleicht besser als ich, aber ich meine trotzdem, dass da was nicht stimmt! Vielleicht habe ich ja auch nur was an meinen Herzensohren.“

Sondra kam richtig in Fahrt.

„In den letzten Tagen hast du zu Robinson und mir etwas gesagt. Erinnerst du dich? Du hast gesagt: ‚Ich habe dich von ganzem Herzen lieb!‘ Das hast du gesagt, oder nicht? Doch, doch, ganz sicher hast du das gesagt!“

Sondra schüttelte sich eine blonde Haarsträhne aus dem Gesicht.

„Und Robinson glaubt dir das, wenn du so etwas sagst. Ich kenne keinen anderen Menschen, der dir das so sehr glaubt wie Robinson.“

Sondra holte tief Luft.

„Und weißt du was, Gott im Himmel: Ich habe auch angefangen, dir das zu glauben! Jetzt weißt du Bescheid. Wir beide, der Robinson und ich, glauben dir das.“

Sondra musste eine Pause machen.

„Und jetzt erklär mir doch mal, was da vorhin passiert ist!“, fuhr sie schließlich fort und ihre Stimme wurde lauter. „Hast du das gesehen? Der Robinson liegt unter dem Baum und blutet wie verrückt. Und er macht keinen Mucks mehr. Und jetzt liegt er im Krankenwagen und stirbt vielleicht. Und wo bist du? Warum hast du nicht eingegriffen und gemacht, dass der Robinson nicht aus dem Baum fällt? Das musst du mir mal erklären.“

Sondra holte noch einmal tief Luft.

„Das zur Sache mit Robinson. Und jetzt zu der anderen

Sache: Wenn du schon dabei bist, könntest du mir auch mal erklären, was das mit meinem Vater soll! Du machst doch, dass Dinge im Leben von Menschen passieren, oder nicht? Doch, doch, das machst du. Das glaube ich seit ein paar Tagen nämlich auch. Und Robinson sowieso. Und dann sag mir doch mal, warum ich keinen Vater hatte. Zwölf Jahre lang nicht. Und jetzt, wo ich ihn endlich kennenlernen kann, verschwindet er auf einmal. Wo bist du dabei? Ich meine, was machst du da in deinem Himmel? Schaust du nur zu, während wir uns hier unten mit dem ganzen Mist rumschlagen müssen?"

Sondra hatte die letzten Sätze geschrien. Ihre Stimme hallte zwischen den Bäumen nach und verklang erst nach einer langen Weile. Als der letzte Ton ihrer Stimme aus dem Park in den Himmel geflogen war, lehnte sich Sondra erschöpft an den Baum zurück und hielt sich beide Hände vors Gesicht. Die Tränen schossen ihr in die Augen. Und dann weinte sie.

Sondra nahm erst die Hände vom Gesicht, als sie die Stimme hörte. Sie wusste nicht, wie lange sie auf Robinsons Ast oben im Baum gesessen und geweint hatte. Es war dunkel geworden. Sie hatte auf die Stimme nah an ihrem Herzen gewartet. Lange. Jetzt endlich sprach die Stimme. Und je länger die Stimme sprach, umso leichter wurde ihr Herz. Der Klumpen in ihrem Bauch wurde kleiner und verschwand, und die Wut kühlte ab und verflog. Je länger Sondra hörte, umso mehr öffnete sich der Himmel über ihr. Und zum Schluss sagte die Stimme:

„Meine Zeit ist nicht deine Zeit, ewig geliebtes Kind. Du kannst dir sicher sein: Ich greife ein, wenn meine Zeit gekommen ist. Und mein Planen und Handeln musst du nicht verstehen. Du kannst gewiss sein: Ich führe dich näher zu mir. Ich habe dich, Sondra, bei deinem Namen gerufen. Du gehörst zu mir."

Es war still im Park.

Die Tränen hatten Linien auf Sondras Wangen gezeichnet und dort, wo sie die Hände vor das Gesicht geschlagen hatte, waren aus den Linien verschmierte Muster geworden.

„Danke, Gott“, flüsterte sie. Sie wusste, dass sie keines der Worte je vergessen würde.

Im Krankenhaus schlug Robinson die Augen auf und sah verwundert in die sorgenvollen Gesichter seiner Eltern.

Auf der Bank an Gleis 2 weinte ein Mann in einem langen, grauen Mantel so laut, dass es Steine hätte erweichen können.

Für die Zeit auf deinem Ast

Was tust du, wenn schlimme Dinge in deinem Leben passieren?
Darf man so mit Gott reden, wie Sondra es tut?
Was hat Gott wohl noch zu Sondra gesagt?

33. Kalte Honigmilch und eine SMS

(Samstag, 20.02., Morgen)

Sondra saß in ihre Decke gehüllt auf dem Bett. Um sie herum und vor ihr auf dem Boden lagen Briefbögen und Umschläge. Auf dem kleinen Nachttisch am Kopfende ihres Bettes stand ein großer Becher halbvoll mit Honigmilch. Die hatte sie sich vor ein paar Stunden gemacht, als sie mitten in der Nacht aufgewacht war und nicht mehr hatte einschlafen können. Die Honigmilch hatte genauso wenig geholfen wie die Wärmflasche. Dann hatte sie den Briefstapel unter dem Bett hervorgekramt und angefangen, zu lesen. Spuren hatte sie gesucht,

Hinweise, um besser verstehen zu können, was am Nachmittag im Park und in den zwölf Jahren davor passiert war. Eine Sache hatte sie entdeckt. Immer und immer wieder tauchte sie in den Briefen auf.

Sondra blickte aus dem Fenster. Es war noch zu früh. Der Tag war noch nicht zu sehen, noch nicht mal ein winziger Streifen Licht über dem nachtschwarzen Horizont. Sie griff nach einem der Briefe, den sie bisher noch nicht geöffnet hatte, riss den Briefumschlag auf, zog das Blatt Papier hervor und las:

Liebe Sondra, *November 2003*

so langsam freue ich mich auf das Weihnachtsfest. Du auch? Obwohl ich dir ganz ehrlich sagen muss, dass mir der Schnee fehlt. Weihnachten ohne Schnee ist wie Schlittschuhlaufen ohne Pudelmütze. Ich habe Sehnsucht nach der alten Heimat, denn die neue Heimat ist auch nicht das, was ich mir erhofft hatte. Zu viele Enttäuschungen und zu viele Herausforderungen. Es ist Zeit, dass ich mir einen anderen Ort zum Leben suche. Ob ich wieder nach Deutschland gehen soll?

Aber ich will nicht von mir reden.

Sondra ließ das Blatt Papier sinken, holte tief Luft, zog die Augenbrauen hoch und hielt die Luft an. Schon wieder so ein Hinweis. Wie in den anderen Briefen auch.

Sondra atmete langsam aus und griff nach den anderen Blättern. Sie fand die Hinweise, auf die sie in den Briefen gestoßen war, schnell auf den Blättern wieder.

Zuerst dachte ich, es würde mir hier gefallen, aber das war wohl ein Irrtum. Ich glaube, es ist an der Zeit, dass ich wieder mal meinen Koffer packe. Zum Glück habe ich ja nicht viel, was ich einpacken muss.

Das hatte ihr Vater im November 2004 geschrieben. Und im November 2005:

Der Duft der Weite liegt in der Luft und es juckt mir in den Füßen. Und außerdem ist hier auch nicht alles Gold, was vor ein paar Monaten noch so schön glänzte. Nach Weihnachten werde ich wohl erneut die Pferde satteln und losreiten müssen.

Sondra zog die Bettdecke hoch, die ihr von den Schulten gerutscht war, und griff gedankenversunken nach dem Becher Honigmilch auf ihrem Nachttisch. Sie nahm einen Schluck und schüttelte sich. Honigmilch schmeckte nur gut, wenn sie lauwarm war. Sie zog den letzten ungeöffneten Brief unter den Briefbögen und Umschlägen hervor und riss den Umschlag auf.

Liebe Sondra, *November 2009*

gute Güte, wie die Zeit vergeht. Gerade hat das Jahr angefangen und schon ist es wieder vorbei. Und das Leben ist eine Wundertüte. Oder eher eine Tüte mit einem wundersamen Inhalt. Du greifst hinein und weißt nie, was du herausziehst. Ich habe wohl mal wieder den schwarzen Peter gezogen. Ich habe den großen Koffer aus dem Keller geholt.

Aber das ist nicht so wichtig. Du siehst prächtig aus. Ich frage mich die ganze Zeit, wie es dir und Katja gelungen ist, den riesigen Weihnachtsbaum zu tragen. Zumindest habt ihr damit ulkig ausgesehen.

Sondra las nicht weiter. Sie wusste, was kam. Ein paar Weihnachtswünsche und der letzte Satz mit Unterschrift. „Vergiss es nie und zweifle nicht daran: Ich habe dich von ganzem Herzen lieb. Dein K. Mit einem Schnörkel und einem Schmierpunkt dran“, murmelte Sondra in die Stille ihres Zimmers.

„Was weiß ich?“, fragte sich Sondra leise. „Nicht viel! Ich weiß, dass du Linkshänder bist, sonst würde der Punkt nicht verschmieren. Wenn du ihn gemacht hast, wischst du irgendwie mit der Hand noch einmal drüber und er verschmiert. Ist ja logisch.“

Sondra überlegte kurz.

„Und du bist ständig unterwegs. Du bleibst nie lange an einem Ort. Du gehst irgendwohin, wo es dir gefällt, und dann geschieht etwas und du verschwindest wieder. Zuerst warst du ein paar Jahre in Papua-Neuguinea und bist dann irgendwann zwischen Weihnachten 2003 und meinem Geburtstag 2004 zurück nach Deutschland gekommen. Und irgendwann bist du dann wieder in die Südsee gezogen.“

Sondra wühlte die Zettel neben ihr auf der Matratze durch und zog den Bogen hervor, auf dem als Datum nur Februar 2004 angegeben war.

Liebe Sondra, *Februar 2004*

es ist schön, wieder hier zu sein. Und noch schöner ist es, in deiner Nähe zu sein. Und am allerschönsten ist es, dich zu sehen. Wundere dich nicht, wenn du dies liest. Aber ich habe dich tatsächlich gesehen. Die Sonne hat an deinem

Geburtstag ihr Bestes gegeben, oder nicht? Und dir muss es im Streichelzoo gut gefallen haben, so laut hast du gelacht. Schade, dass du dich am Ziegengehege nicht fotografieren lassen wolltest. Ich hätte so gerne ein Bild von dir gehabt. Aber bestimmt sehe ich dich jetzt häufiger.

Als sie den Brief irgendwann in den letzten Stunden geöffnet und die Zeilen gelesen hatte, war ihr der Mann gleich in den Sinn gekommen. An ihrem sechsten Geburtstag war sie mit den Freundinnen aus dem Kindergarten und ihrer Mutter in den Streichelzoo gegangen. Am Gehege mit den Ziegen war ein Mann gekommen, der unbedingt ein Bild von ihr machen wollte, als ihre Mutter gerade zum Automaten mit dem Tierfutter zurückgelaufen war.

„Und du bist danach immer irgendwie in meiner Nähe gewesen. Zumindest an meinen Geburtstagen und an Weihnachten", sagte Sondra leise zu sich.

Sondra zuckte zusammen, als aus dem kleinen, silbernen Handy, das neben dem Becher Honigmilch lag, eine Melodie ertönte. Sie riss das Handy zu sich und drückte auf den Knopf mit dem grünen Hörer. „Ja?", fragte sie atemlos. Niemand antwortete. „Hallo?", fragte Sondra. „Bist du da?"

Nach einem kurzen Moment ließ sie das Handy sinken. Im Display blinkte der kleine Briefumschlag. Sondras Finger zitterten, als sie sich zum SMS-Speicher drückte. Dann las sie die kurze Nachricht:

Gibst du mir noch eine Chance?

Sondra tippte die Buchstaben ein. „Ja. Aber ich muss erst nachdenken. Sondra", schrieb sie. Mit einem Tastendruck schickte sie die Nachricht ab.

Der Mann in dem langen, grauen Mantel stand von der Bank an Gleis 2 auf. Er griff nach seinem Koffer und ging langsam den Bahnsteig entlang auf den Ausgang zu. Am letzten Papierkorb vor dem Treppenaufgang zum Bahnhofsgebäude blieb er kurz stehen, zog seine Fahrkarte aus der Manteltasche und warf sie hinein.

Für die Zeit auf deinem Ast

Kennst du Menschen, die immer dann weglaufen, wenn es brenzlig wird? Brauchst du auch manchmal Ruhe, um gründlich nachdenken zu können, bevor du eine wichtige Entscheidung triffst?
Warum wirft Sondras Vater seine Fahrkarte in den Papierkorb?

34. Robinsons Insel und Glück im Unglück

(Samstag, 20.02., Morgen)

„Sind alle Erbsenblasrohre ausgerichtet, meine gute Sonntag?“, fragte Robinson, schob den Hut aus Blättern zurück und ließ das Fernglas sinken, mit dem er von der hölzernen Veranda in den Urwald vor seiner Hütte gespäht hatte.

„Jawohl, Robinson!“, hörte er Sondras Stimme neben sich.

„Die Kokosnussschleudern sind in Stellung?“, fragte er und blickte zu den Ziegen, die sich rechts und links neben der Hütte in Stellung gebracht hatten. Sie trugen silberne Sonnenbrillen. „Alles klar, Robinson“, nickten die

Ziegen. Dann luden sie die beiden riesigen Steinschleudern, die in den sandigen Boden gerammt waren, mit Kokosnüssen und spannten die Gummis.

Robinson hob das Fernglas wieder vor die Augen und spähte an den Palmenstämmen vorbei in das grüne Dickicht.

Er musste jeden Moment kommen.

Da! War da nicht eine Gestalt wie ein Schatten durch das Dickicht gehuscht?

Robinson legte das Fernglas neben sich auf das Fass und griff nach dem ellenlangen Erbsenblasrohr, das neben ihm an der Brüstung der Veranda lehnte.

„Alle Pelikane laden, Sonntag!", befahl er und sah zu, wie Sondra den acht Pelikanen mit Sturzhelmen, die auf der Hollywoodschaukel direkt neben seiner Hütte warteten, Mehltüten und eine Wasserbombe in den Schnabel schob.

„Auf mein Kommando abheben und zielgenau die Ladung abwerfen!", wies Robinson die Pelikane an, griff in die Tasche und zog eine Handvoll Erbsen heraus.

Es raschelte in den hohen Farnsträuchern neben dem Trampelpfad, der von seiner Hütte in den Urwald führte.

„Er ist da", raunte Robinson Sonntag zu.

Ein Junge trat aus dem grünen Dickicht auf die kleine Lichtung vor der Hütte.

„Nun sind wir also hier", sagte Sven und zog seine Steinschleuder aus der hinteren Hosentasche. „Nur noch du und ich. Und jetzt bringen wir es zu Ende."

Sven schaute ernst, als er Robinson lange ansah und seine Augenlider zuckten nicht ein einziges Mal. Robinson vermisste sein gemeines Grinsen.

Der Junge unten auf der sandigen Lichtung bückte sich bedächtig und griff in den Sand. Zuerst fuhren seine Hände langsam durch die feinen Körnchen, dann grub er schneller und wühlte schließlich hektisch den Boden auf.

Robinson stand auf der Veranda seiner Hütte und lachte.

„Im Sand gibt es keine Steine!", kicherte er. „Willkommen auf meiner Insel! Und jetzt bringen wir es zu Ende!"

Mit einer schnellen Handbewegung gab Robinson den Pelikanen ein Zeichen. Ein Pelikan nach dem anderen hob von der Hollywoodschaukel ab. Mit heftigen Flügelschlägen gewannen die Vögel an Höhe und kreisten schließlich über der Lichtung.

„Kokosnussschleudern und Pelikanflieger, Feuer frei!“, schrie Robinson.

Die riesigen Steinschleudern rechts und links neben der Holzhütte surrten, als die Ziegen die Kokosnüsse abschossen. Oben in der Luft öffneten die Pelikane ihre Schnäbel.

Sven öffnete lautlos den Mund. Seine Augen weiteten sich vor Entsetzen, als er die Salve von Kokosnüssen, Mehltüten und Wasserbomben auf sich zufliegen sah. Die erste Kokosnuss zischte an seinem Kopf vorbei. Die zweite traf ihn mitten auf der Stirn. Sven fiel wie ein nasser Sack in den Sand der Lichtung vor der Holzhütte. Ein Hagel aus Mehltüten und Wasserbomben deckte ihn zu. Wasser spritzte und eine weiße Wolke aus Mehl stieg in die Luft.

„Sing, Sonntag!“, sagte Robinson zu Sondra. „Sing ‚When Israel was in Egypt’s land‘. Schmutzig muss es klingen, so schmutzig wie noch nie!“

Und als Sondra sang, setzte Robinson sein Erbsenblasrohr an den Mund und stieg die drei Stufen von der Veranda auf die Lichtung hinunter. Auf jeder Stufe feuerte er eine Salve Erbsen auf den am Boden liegenden Jungen. Dann war er bei Sven angekommen. Sven lag auf dem Rücken im Sand und hatte die Augen geschlossen.

„Jetzt ist es zu Ende!“, rief Robinson triumphierend und stellte seinen Fuß auf Svens Brust.

Sven schlug die Augen auf und blickte Robinson an.

„Es ist erst dann zu Ende, wenn du mich umarmst“, sagte er leise.

„Robinson!“

Wie aus weiter Ferne hörte Robinson eine vertraute Stimme an seinem Ohr.

„Robinson!“

Er spürte, wie warme Finger zart seine Wange streichelten. Mühsam öffnete er die Augen ein Stück. Das Licht, dass durch den Spalt kam, tat in seinem Kopf weh.

Er wollte sprechen, aber sein Mund war trocken und seine Zunge klebte am Gaumen. Nur mühsam konnte er ein Wort hervorwürgen.

„Wo ist meine Sonntag?“, fragte er.

„Heute ist Samstag, Schatz“, sagte seine Mutter.

Robinson machte die Augen auf und blinzelte. Er lag in seinem Bett im Krankenhaus.

„Durst“, sagte er und griff nach dem Glas, das sein Vater ihm reichte. Gierig trank er ein paar Schlucke. Dann gab er das Glas zurück und streckte sich.

„Aua“, stöhnte er und sah auf sein Bein herunter. Es steckte in einem dicken Gips. Robinson erinnerte sich. Er tastete nach der schmerzenden Stelle an seinem Kopf. Er fühlte einen Verband.

„Sechs saubere Stiche“, nickte sein Vater. „Du musst mit deinem Kopf an einem Ast aufgeschlagen sein, als du vom Baum gefallen bist. Aber du darfst mit uns nach Hause kommen, hat der Oberarzt gerade gesagt.“

„Ich bin nicht ...“, begann Robinson, brach dann aber ab.

„Was bist du nicht?“, fragte sein Vater. „Willst du uns nicht endlich erzählen, was passiert ist? Als du gestern Abend kurz aufgewacht bist, konntest du dich an nichts erinnern.“

Robinson schüttelte stumm den Kopf.

„Was auch immer im Park passiert ist, es grenzt an ein Wunder!“, sagte seine Mutter leise. „Du hättest tot sein können.“ Ihre Stimme zitterte.

„Das sagen auch die Ärzte“, setzte Robinsons Vater hinzu. „Wer bei einem solchen Sturz vom Baum mit einer Platzwunde an der Stirn und einem gebrochenen Unterschenkel davonkommt, hat riesiges Glück gehabt, meinen sie.“

„Aber es ist ja noch mal gut gegangen!“, sagte seine Mutter.

„Ist es nicht“, murmelte Robinson leise.

Für die Zeit auf deinem Ast

Was denkst du über Robinsons Traum?
Hat Robinson nur Glück gehabt?
Warum meint Robinson, dass es nicht gut gegangen ist?

35. Fragen im Keller und ein taubes Herzensohr

(Samstag 20.02., Nachmittag)

Es klopfte an Robinsons Tür zu seinem Kellerzimmer.

Robinson drehte sich in seinem Ohrensessel um. Seit ein paar Stunden saß er nah an der hinteren Wand und schaute durch das kleine Fenster in den kleinen Ausschnitt vom Himmel, den er eben noch sehen konnte.

Die Tür ging auf, und Sondra trat ins Kellerzimmer. In der einen Hand trug sie einen Blumenstrauß, in der anderen eine große Tafel Schokolade. Die wog 400 Gramm.

„Wie bist du denn hierher gekommen?“, wollte Robinson wissen, als seine Mutter die Tür geschlossen hatte.

„Zu Fuß“, grinste Sondra und sah sich im Zimmer um. „Nett hast du es hier. Für dich!“, sagte sie und legte die Blumen und die Schokolade auf den niedrigen Tisch vor dem braunen Sofa.

„Du freust dich ja gar nicht“, stellte sie fest

„Doch, danke“, sagte Robinson. „Und ich wollte wissen, wie du mich hier gefunden hast. Ich habe dir nie gesagt, wo ich wohne.“

„Hast du nicht“, nickte Sondra. „Ich habe zuerst im Krankenhaus angerufen und die haben mir gesagt, dass du schon wieder entlassen wurdest. Dann habe ich im Telefonbuch nachgesehen." Sondra setzte sich auf das Sofa und schaute Robinson prüfend an. „Du siehst besser aus als gestern Nachmittag", stellte sie fest.

Robinson schwieg für einen Moment. „Du warst im Park?", fragte er.

Sondra nickte. „Ich habe dich unter dem Baum gefunden."

„Hast du Sven gesehen?", fragte Robinson.

„Sven?", wunderte sich Sondra.

„Er hat mich aus dem Baum geschossen", sagte Robinson und drehte sich wieder zum Fenster.

Es war für eine lange Weile still im Kellerzimmer.

„Wir müssen einen neuen Plan schmieden", sagte Robinson plötzlich und drehte sich zu Sondra zurück. „Du musst deine Freunde noch mal zusammentrommeln und dann mache ich Sven fertig. Und zwar so fertig, dass er mich nie wieder anrührt." Robinson ballte die Fäuste.

Sondra überlegte für einen kurzen Moment. „Willst du das wirklich?", wollte sie leise wissen.

„Darauf kannst du Gift nehmen!", wurde Robinson laut. „Ich werde ihn so lange fertig machen, bis er nie wieder jemandem was antun kann."

„Vor ein paar Tagen hast du gesagt, dass es auch anders gehen müsste", erinnerte Sondra ihn so leise, dass er die Worte kaum hören konnte.

„Nein", sagte Robinson entschieden. „Das war einmal. Heute ist es anders. Er oder ich, so geht das. Der Stärkere gewinnt. Und der werde ich sein."

„Und was ist mit der Liebe?", fragte Sondra. „Was ist damit, dass du es so machen wolltest, wie Jesus es vorgemacht hat? Was ist damit, dass du Sven und Max umarmen wolltest?"

„Hat ja nicht geklappt!", schrie Robinson und die Tränen schossen ihm in die Augen. „Schau mich doch an!" Er zeigte mit dem Finger auf sein Bein und seine Stirn, während er weiter schrie: „Das habe ich davon, dass ich es anders machen wollte!“

Robinson schluchzte auf. Dann konnte er die Tränen nicht mehr zurückhalten. Er drehte seinen Kopf in die eine Seite des Sessels, da, wo es immer noch so herrlich nach dem Rasierwasser seines Opas roch, und weinte.

Sondra stand leise vom Sofa auf, setzte sich neben ihn auf die Sessellehne und legte den Arm um seine Schulter. Sie hörte Robinson leise schluchzen und spürte, wie seine Schultern bebten. „Vielleicht war einmal nicht genug“, flüsterte Sondra leise.

„Was sagt die Stimme in deinem Herzen?“, fragte sie, als Robinson aufgehört hatte, zu schluchzen.

„Nichts“, sagte Robinson und zog die Schultern hoch. „Das ist es ja eben. Ich sitze seit Stunden hier, starre in den winzigen Fetzen vom Himmel und warte darauf, dass die Stimme etwas sagt. Aber sie sagt nichts. Nicht einen Mucks!“ Robinson schüttelte verzweifelt den Kopf.

„Vielleicht bist du ja auch schwerhörig auf deinen Herzensohren“, sagte Sondra.

„Was verstehst du schon davon“, sagte Robinson giftig und schob Sondras Arm von seiner Schulter.

Sondra blieb auf der Sessellehne sitzen. „Mehr als du denkst“, entgegnete sie. „Ich habe die Stimme gehört. Gestern Nachmittag, als ich auf unserem Ast in deinem Baum saß.“

Robinson schaute Sondra fragend an.

„Nachdem der Krankenwagen weg war, bin ich in unseren Baum gestiegen und habe Gott angeschrien“, erzählte Sondra. „Ich war so wütend auf ihn, dass ich nicht anders konnte. Ich habe ihn gefragt, wo er war, als du von dem Baum gestürzt bist und ...“ Sondra stockte.

„Was ist?“, fragte Robinson, als Sondra nicht weitersprach. Dann nickte er verstehend vor sich hin. „Was mit deinem Vater, oder?“

Sondra nickte stumm.

„Er war auch im Park und muss dich am Boden liegen gesehen haben. Er ist weggelaufen, als ich kam. Ich habe ihn aus dem hinteren Tor verschwinden sehen“, erzählte sie.

„Und jetzt?“, fragte Robinson leise.

„Weiß ich noch nicht“, murmelte Sondra. Sie überlegte einen Moment.

„Und Gott hat mir geantwortet!“, fuhr Sondra schließlich fort. „Ich habe seine Stimme ganz genau mit meinen Herzensohren hören können. Willst du wissen, was er gesagt hat?“

Robinson blieb stumm.

Sondra versuchte, aus seinem Gesicht zu entdecken und in seinen Augen zu lesen, was er dachte. Es gelang ihr nicht.

„Er hat gesagt, dass seine Zeit nicht meine Zeit ist und dass ich ihm vertrauen soll. Und er hat gesagt, dass er einen Plan hat und eingreift. Und er hat gesagt, dass ich zu ihm gehöre.“

„Das hat er zu dir gesagt, nicht zu mir“, sagte Robinson nach einer Weile und schaute wieder aus dem winzigen Fenster in den Himmel.

„Damit meint er aber auch dich“, sagte Sondra schlicht und klang sehr überzeugt. „Bist du schon mal auf die Idee gekommen, dass es ein Wunder ist, dass nur dein Bein und deine Stirn was abgekriegt haben? Du hättest auch tot sein können. Ich finde, Gott hat auf dich aufgepasst!“

Sondra konnte kaum sehen, dass Robinson mit dem Kopf nickte. Aber sie konnte hören, wie er murmelte: „Doch, die Idee hatte ich auch schon.“

Für die Zeit auf deinem Ast

Kennst du das auch, dass du Gott nicht mehr hörst, weil deine Ohren taub sind oder Gott schweigt?
Findest du, dass Gott auf Robinson aufgepasst hat?
Was müsste noch geschehen, damit es richtig gut wird?

36. Berliner mit Kakao und ein mutiger Anruf

(Samstag, 20.02., Nachmittag)

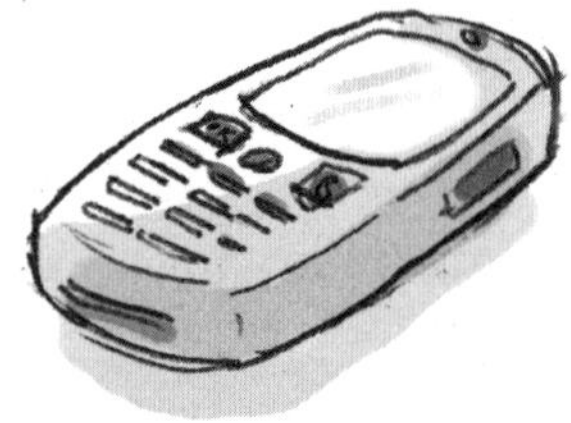

Die Schritte auf den Stufen in den Keller waren nicht zu überhören.

„Meine Mutter“, nickte Robinson zur Tür hin und zog den Mund schief. „Wenn ich Frauenbesuch habe, kommt sie zwischendurch immer mal wieder runter und guckt, was ich anstelle.“

Sondra kicherte. Dann stand sie von der Sessellehne auf, auf der sie die ganze Zeit gesessen hatte und setzte sich zurück aufs Sofa.

Es klopfte, dann öffnete sich die Tür, und Robinsons Mutter steckte ihren Kopf ins Zimmer.

„Wollt ihr Berliner und Kakao mit Sahne?“

„Ich schon“, nickte Robinson. „Und du, Sondra?“

„Ja, gerne“, freute sich Sondra.

„Hast du häufiger Frauenbesuch?“, wollte Sondra wissen, als Robinsons Mutter gegangen war.

„Nicht die Bohne“, sagte Robinson. „Ich habe mal der Yvonne aus der Fünften Nachhilfe in Mathe gegeben. Alle halbe Stunde ist meine Mutter da gekommen und hat Plätzchen gebracht oder sonst was gewollt. Und sie hat sich irre angestrengt, schon oben an der Treppe so laute Geräusche zu machen, dass ich sie auf gar keinen Fall überhören konnte. Das war nervig.“

„Hoffentlich falle ich nicht“, rief Robinsons Mutter vernehmlich von der obersten Treppenstufe. „Es wäre eine Schande für den herrlichen Kakao.“ Ein paar laute Schritte treppenabwärts waren zu hören.

„Ich habe beide Hände voll und kann nicht klopfen!“, rief Robinsons Mutter wenige Sekunden später.

Sondra kicherte, als sie ins Zimmer kam, mit dem Tablett durch das Zimmer balancierte und es aufatmend auf dem Tisch abstellte. Die Sahnehaube auf dem Kakao war so hoch, dass man weiße Flecken auf der Stirn bekommen musste, wenn man versuchen wollte, den Kakao zu trinken. Bei Robinson würde das nichts machen. Der Verband war sowieso weiß. Robinsons Mutter blieb unschlüssig in der Mitte des Zimmers stehen.

„Ja“, sagte sie. „Ich glaube, ich lasse euch dann mal allein.“

Vor der Tür drehte sie sich noch einmal um. „Aber ihr ruft, wenn ihr etwas braucht, nicht wahr?“

„’türlich“, nickte Robinson.

„Und wie geht es jetzt weiter?“, fragte Sondra in die Stille des Zimmers.

Sie hatten die Berliner gegessen und den Kakao getrunken. Und dann hatten sie lange in der Stille gesessen und den kleinen Fetzen Himmel betrachtet, der durch das Kellerfenster zu sehen war.

„Weiß nicht“, sagte Robinson. „Ich verstehe einfach nicht, warum ich die Stimme nah an meinem Herzen nicht mehr hören kann.“

Sondra überlegte einen Moment.

„Manchmal passiert zwischen meiner Mutter und mir was Komisches“, sagte Sondra nachdenklich. „Wenn ich nach dem Mittagessen vom Tisch aufstehe und in mein Zimmer will und vergessen habe, mein Geschirr in die Spüle zu räumen, dann schaut sie mich nur an.“

Sondra sah Robinson erwartungsvoll an.

„Na und?“, meinte Robinson unbeeindruckt. „Wenn ich mein Geschirr nicht wegräume, brüllt meine Schwester Nele hinter mir her: ‚Los, du fauler Knirps! Schwing die Hufe und räum dein Zeug weg, sonst gibt es was auf die Glocke!‘ Mir wäre es lieber, sie würde mich nur anschauen.“

Sondra schüttelte den Kopf.

„Du verstehst nicht“, sagte sie. „Meine Mutter muss kein Wort sagen. Sie weiß, dass ich weiß, was ich zu tun habe.“

Robinson runzelte die Stirn. „Ach so“, sagte er dann nachdenklich.

„Vielleicht hältst du mich ja für meschugge“, meinte Sondra leise. „Aber vielleicht sagt Gott nichts zu dir, weil du schon längst weißt, was du zu tun hast.“

Robinson lehnte den Kopf an das rechte Ohr von seinem Sessel und schaute durch das Fenster in den Himmel. Lange saß er ganz still so da und sagte kein Wort.

„Ich halte dich für meschugge“, sagte er nach einer ganzen Weile, und es klang so, als käme er gerade von einer weiten Reise nach Hause. „Aber das ist gut so. Ist ja so: ‚Meschugge‘ meint verrückt. Und ich muss auch verrückt sein, wenn ich es noch einmal anders mit Sven versuche, denn eigentlich will ich es Sven so richtig heimzahlen.“ Robinson wiegte den Kopf hin und her. „Davon habe ich heute Nacht sogar geträumt. Ich war dieser Robinson Crusoe. Und auf meiner Insel habe ich Sven mit Kokosnussschleudern und Pelikanfliegern fertiggemacht.“

„Muss ja ein krasser Traum gewesen sein“, grinste Sondra. „Kam darin auch ein Riese mit Turban und Schnurrbart vor?“

„Nein“, sagte Robinson entschieden. „Aber du. Und mein Traum war echt ziemlich seltsam. Als Sven wimmernd im Sand lag, hat er mir gesagt, dass die ganze Geschichte nur dann ein Ende haben kann, wenn ich ihn umarme.“

„Hört sich gut an“, nickte Sondra.

„Einer muss anfangen, aufzuhören“, sagte Robinson entschieden. Er richtete sich in seinem Ohrensessel auf. „Kannst du mir mal dein Handy geben?“

Sondra zögerte. Dann griff sie in ihre Tasche, zog das Handy hervor und gab es Robinson.

„Was willst du tun?“, wollte sie wissen und schaute Robinson hinterher, der an seinen Krücken durch das Kellerzimmer zu seinem Schreibtisch humpelte.

„Es so wie Jesus machen“, sagte Robinson leise. „Und wenn es das Richtige ist, was ich tue, werde ich es wissen, wenn es so weit ist.“

Er griff nach einem Blatt Papier auf seinem Schreibtisch und suchte mit dem Finger auf dem Blatt. Dann tippte er eine Nummer ein. Für einen Moment war es still.

„Hier ist Robin“, sagte Robinson. „Ist Sven zu sprechen? Danke!“

Sondra lauschte angespannt.

„Sven? ... Ja, du hast richtig gehört. Ich bin es. Ich will mit dir reden und ich möchte, dass du morgen Vormittag zu mir nach Hause kommst ... Was? ... O doch, du wirst kommen, da bin ich mir ganz sicher ... Es ist nicht wichtig, wann du kommst ... Ja ... Ich werde alleine sein.“

Robinson ließ das Handy sinken und atmete tief durch.

„So weit, so gut“, sagte er und lächelte Sondra an.

„Er sieht müde aus“, dachte Sondra. Nein, korrigierte sie sich, irgendwie erleichtert.

Für die Zeit auf deinem Ast

Was meint Robinson, wenn er sagt, dass einer anfangen muss, aufzuhören? Hast du das schon mal versucht? Wie kann Robinson es wie Jesus machen? Was denkst du, wird zwischen Robinson und Sven am nächsten Tag geschehen?

37. Frischkäse-Lauch-Suppe und eine Verabredung im Park

(Samstag, 20.02., Abend)

Sondra saß in ihrem Hängesessel und schaukelte. Durch das offene Fenster schien die untergehende Sonne in ihr Zimmer und der Wind des Abends wehte herein. Er war zu warm für diese Jahreszeit. Sondra hätte vorhin, als sie von Robinson nach Hause gekommen war, auch dann das Fenster geöffnet, wenn es draußen bitterkalt gewesen wäre. Es war ihr nach Weite zumute. Ob es das war, was ihr Vater meinte, wenn er von juckenden Füßen oder dem Ruf der Ferne schrieb? Heute musste sie nicht raus aus ihrem kleinen Dachzimmer, so wie vor einer guten Woche, als sie den Brief von ihrem Vater auf dem Schreibtisch gefunden hatte. Und es hatte nur ein einziger Satz auf dem Blatt Papier gestanden: „Ich habe dich von ganzem Herzen lieb. Dein K."

Sondra stieß sich wieder mit den Füßen ab. „Mit einem Schnörkel und einem Schmierpunkt dran", murmelte sie und musste schlucken.

Die Ereignisse der letzten Woche klebten an ihr wie Kletten an einem Wollpullover von Oma Pfalz.

„Was du kannst, kann ich schon lange", flüsterte sie. Dann fasste sie in ihre Tasche und zog das Handy hervor.

„Sondra, Abendessen!", rief ihre Mutter in den Flur hinein. „Kommst du?"

„Sofort!", rief Sondra, drückte auf die Taste mit dem roten Hörer und löschte die fünf Worte, die sie gerade erst eingetippt hatte: „Ich will dich nie wieder ..."

Sie stand aus ihrem Hängesessel auf und ging in die Küche.

„Ich habe Suppe gemacht", meinte ihre Mutter. „Willst du?"

„Und ob!", sagte Sondra. Sie liebte Suppe. Und gelegentlich erfand sie selber eine. Neulich zum Beispiel hatte sie eine Kastanien-Kartoffel-Suppe erfunden. Mit Koriander und Rübenkraut drin. Schmeckte schrecklich gut. Und an einem Rezept für eine Bratwurst-Möhren-Kohlrabi-Suppe tüftelte sie schon seit ein paar Wochen. Ob Curry als Gewürz taugen würde?

Sondra löffelte die Frischkäse-Lauch-Suppe und schwieg. Sie spürte das Handy in ihrer Tasche. Es drückte auf ihren Oberschenkel, und Sondra fühlte danach, so als wolle sie die Verbindung zu dem Menschen, dem die einzige eingespeicherte Nummer gehörte, erfühlen.

„Du sagst nicht viel in den letzten Tagen“, meinte ihre Mutter.

„Stimmt“, sagte Sondra.

„Ist irgendwas passiert?“

„Und ob!“, antwortete Sondra.

„Willst du was erzählen?“, fragte ihre Mutter leise.

Sondra sprang so plötzlich auf, dass der Stuhl nach hinten umkippte und die Lehne auf den Boden schlug.

Ihre Mutter fuhr zusammen und stieß ihren Kaffeebecher vom Tisch, der klirrend auf dem Boden in zwei Teile zerbrach. Der Kaffee spritzte unter den Tisch.

„Tschuldigung“, sagte Sondra, zog das kleine, silberne Handy aus der Tasche und legte es neben ihren Teller. Dann hob sie den Stuhl auf und setzte sich wieder an den Tisch.

„Ich höre dir zu“, sagte ihre Mutter. „Das mit den Scherben und dem Kaffee mache ich nachher“, winkte sie ab, als Sondra fragend unter den Tisch blickte.

Sondra fuhr mit ihrem Zeh auf dem Boden hinüber zu dem großen Kaffeefleck, der nah zu ihrem Stuhl gespritzt war. Die weiße Socke färbte sich an der Spitze braun.

„Ich wollte ihn gestern treffen“, sagte sie und schob das Handy ein Stück weiter auf den Tisch. Der braune Fleck auf dem Boden wurde kleiner. An ihrem großen Zeh fühlte es sich nass an. „Aber er ist weggelaufen.“

Für einen langen Moment war es still in der Küche. Nur die Küchenuhr tickte an der Wand. Der braune Kaffeefleck war beinahe vom Boden verschwunden.

„Ist er vor dir davongelaufen?“, fragte ihre Mutter leise nach.

„Ich glaube nicht“, murmelte Sondra. „Vielleicht auch. Es hat einen Unfall im Park gegeben, und ich habe ihn nur davonlaufen sehen.“

„Einen Unfall?“ Sondras Mutter klang besorgt.

„Robinson ist …“ Sondra stockte. „Er ist auf jeden Fall aus dem Baum gefallen. Aber das kommt morgen Vormittag in Ordnung. Glaube ich zumindest.“

„Es wundert mich nicht, dass Klaus wieder mal weggelaufen ist“, sagte Sondras Mutter.

„Warum sagst du das?“, wunderte sich Sondra. Sie musste an die Hinweise denken, die sie in den Briefen gefunden hatte.

„So war er schon immer“, sagte ihre Mutter und seufzte.

Es hörte sich nicht verärgert an, fand Sondra. Eher enttäuscht.

„Klaus ist jemand, der schlecht mit Verantwortung und Problemen umgehen kann“, fuhr ihre Mutter fort. „Wenn es nicht so läuft, wie er es sich vorgestellt hat, oder wenn zu viele Probleme auftauchen, dann verschwindet er einfach. Das war früher auch schon so. Er ist dann einfach überfordert.“

Für einen Moment saß sie gedankenversunken am Küchentisch. Dann stand sie auf, griff nach dem Lappen in der Spüle, hob die zwei Becherhälften auf und wischte die Kaffeeflecken unter dem Tisch weg. Ein Fleck war schon verschwunden.

„Was wirst du jetzt tun?“, fragte sie Sondra, als sie den Lappen ausspülte und die Scherben in den Mülleimer warf.

„Anfangen, aufzuhören“, murmelte Sondra. „Weitermachen wie bisher kann jeder.“

Dann griff sie nach dem Handy, räumte ihr Geschirr in die Spüle und ging in ihr Zimmer.

„Ich will dich nie wieder …“, tippte Sondra in das kleine Handy. Und dann fügte sie noch dazu: „ … verlieren. Morgen, 16 Uhr, an der Bank im Park. Sondra“

„Hilf mir, dass ich das Richtige tue“, flüsterte sie und drückte auf die OK-Taste.

Für die Zeit auf deinem Ast

Hättest du es ebenso wie Sondra gemacht?
Was meint sie mit den Worten, die sie als SMS an ihren Vater schickt?
Könntest du aufhören, das Kind deiner Eltern zu sein?

38. Der Boxsack im Keller und ein Kampf ohne Waffen

(Sonntag, 21.02., Vormittag)

Robinson streckte sich ausgiebig, grunzte dumpf vor sich hin, zog den Rotz in der Nase hoch und machte dann die Augen auf. Im ersten wachen Moment des Tages wusste er nicht, warum er aufgeregt war. Als er seinen Blick durch das Kellerzimmer schweifen ließ und den Boxsack sah, wusste er wieder, woher die Aufregung kam.

„Wenn du Sven wärst“, hatte er gestern Abend kurz vor dem Einschlafen zum Boxsack gesagt, „würde ich dir am liebsten eine reinhauen.“ Und nach einem kurzen Moment hatte er hinzugefügt: „Aber einer muss anfangen, aufzuhören.“

Robinson schaute auf die Uhr neben der Tür. Schon halb acht. Er wälzte sich aus dem Bett, griff nach dem blauen Müllsack, den er sich zurechtgelegt hatte und humpelte zum Badezimmer nebenan im Waschkeller. Dort steckte er das Bein mit dem Gips in den Plastiksack, band ihn über dem Gips zu, stülpte sich vorsichtig Mamas alte, geblümte Badehaube über den Kopf und den Verband und drehte die Dusche an. Unter der Dusche summte er. Schmutzig singen konnte er heute nicht. Aber sein Lieblingslied passte wie die Faust aufs Auge, fand Robinson.

„When Israel was in Egypt’s Land“, summte er leise vor sich hin, während das heiße Wasser auf seinen Nacken prasselte. Im Schulchor hatten sie es gesungen, und Frau Benedikt, die Musiklehrerin, hatte ihnen die biblische Geschichte vom Auszug des Volkes Israel aus Ägypten erzählt.

Es war ein langes, zähes Ringen gewesen, bis der Pharao, der Herrscher in Ägypten, die Israeliten in die Freiheit hatte ziehen lassen. Gott hatte Plagen schicken müssen, und immer wieder hatte der Pharao sich geweigert, klein beizugeben. Am Ende war Gott mächtiger als der Herrscher Ägyptens gewesen, und das ganze Volk der Israeliten war aus der Sklaverei in die neue Freiheit aufgebrochen.

„Heute gibt es auch noch Sklaverei", hatte Frau Benedikt gemeint. „Überall nehmen Menschen anderen Menschen die Freiheit. Dazu brauchen wir gar nicht in ferne Länder zu gehen. Das passiert direkt vor unserer Haustür."

„Und manchmal direkt um die Ecke in den Toiletten, wenn dort Köpfe ins Klo gesteckt werden und Geld abgezockt wird", hatte Robinson gemurmelt.

Robinson drehte die Dusche auf kalt und summte: „Let my people go!" Nun klang es doch ein bisschen schmutzig.

„Du bist so still, Robin", stellte seine Mutter am Frühstückstisch fest. „Ist was passiert?"

„Mama", nölte Nele, „jetzt ist der kleine Quälgeist mal still und du willst ihn zum Plappern bringen. Verschon uns bitte."

„Sven kommt gleich", sagte er.

Nele verschluckte sich und prustete schwarzen Kaffeedunst zwischen ihren zusammengepressten Lippen hindurch über den Frühstückstisch.

„Unfassbar", keuchte sie, als sie die Hustenattacke gemeistert hatte, und wischte sich die Kaffeetropfen vom Kinn. „Zuerst gibst du klein bei und jetzt schleimst du dich auch noch ein? Du bist ein Weichei, Robbie!"

„Einer muss mal anfangen, aufzuhören", sagte Robinson leise und betrachtete den dicken Pickel, den Nele mitten auf dem Kinn hatte. „Der dicke Pickel an deinem Kinn sieht so eklig aus wie eine Ferkelnase mit Heuschnupfen", stellte er fest. Nele kreischte auf, knallte ihre Tasse auf den Tisch, sodass der Rest Kaffee herausspritzte, und rannte aus der Küche.

„Musste das jetzt sein, Robin?", fragte seine Mutter tadelnd.

„Mit Nele fange ich später an, aufzuhören", meinte Robinson und trank die restliche Milch aus seiner Müslischale.

Viertel nach neun.

Robinson saß in seinem Ohrensessel und schaute aus dem Kellerfenster. Heute schien die Sonne. Er sehnte sich nach seinem Baum im Park. Dort musste er sich nicht mit einem Fleckchen vom Himmel zufriedengeben. Heute Nachmittag musste er unbedingt hingehen. Auf den Baum würde er mit seinem Gips nicht klettern können. Aber auf der Bank sitzen.

„Du musst mir helfen, Gott", sagte Robinson in den blauen Flecken Himmel hinein, den er durch sein Fenster sehen konnte. „Ohne dich wird das nichts."

„Robinson?", rief seine Mutter von oben. „Sven ist da."

„Du bist dran", raunte Robinson Gott zu und es kam ihm so vor, als würde plötzlich der ganze Himmel durch sein kleines Fenster in das Kellerzimmer strömen. Er konnte die Stimme nah an seinem Herzen reden hören. Es war nur ein kurzer Satz, und Robinson hatte ihn schon einige Male gehört. Und doch war es ihm, als hörte er ihn heute zum ersten Mal: „Du bist nicht allein!"

Und mit jedem Schritt, den er Sven die Treppenstufen in den Keller kommen hörte, nahm die Ruhe in Robinson zu.

Es klopfte an der Tür.

„Komm rein, Sven", sagte Robinson.

Als Sven die Tür öffnete und in das Zimmer kam, sah Robinson ihn an und die Erinnerungen blitzten auf:

Sven, wie er Robinson über den Schulhof verfolgte.

Sven, wie er Robinson in die Toiletten schleifte.

Sven, wie er Robinsons Kopf ins Klo drückte.

Sven, wie er die Steinschleuder aus der Tasche zog.

Sven, wie er vor Robinson im Sand der Insel lag und die Augen aufschlug.

Stumm stand Sven im Kellerzimmer. Sein Blick wechselte von Robinsons Verband am Kopf zu seinem Gips am Bein hin und her.

„Eines will ich dir sagen, Sven", sagte Robinson und lächelte Sven an. „Ich bin dir nicht mehr böse. Ich trage dir nichts nach. Und ich werde auch keine Rache nehmen wegen der Sache im Park."

„Warum nicht?", fragte Sven und runzelte die Stirn.

„Weil einer anfangen muss, aufzuhören", sagte Robinson. „Und weil ich glaube, du willst eigentlich auch nicht, dass wir ewig so weitermachen. Immer kämpfen zu müssen, immer Angst zu haben vor der nächsten Rache. Ich bin das leid. Weißt du was, viel lieber würde ich dich umarmen!"

Sven verzog keine Miene.

„Du bist echt sonderbar, Robin Sondermann, aber vielleicht hast du ja recht", sagte er nach einer langen Weile so leise, dass Robinson ihn kaum verstehen konnte. Dann drehte er sich um und ging durch die Tür die Treppe nach oben.

Für die Zeit auf deinem Ast

Hast du Gottes Gegenwart auch schon mal deutlich spüren können?
Was denkst du: Herrscht jetzt Friede zwischen Robinson und Sven?
Wer hat gewonnen?

39. Der knirschende Kies und der Mann im Mantel

(Sonntag, 21.02., Nachmittag)

Sondra suchte nach einem schönen Band. Schließlich fand sie eins in der untersten Schublade. Sie nahm die Briefe ihres Vaters und legte sie ordentlich aufeinander. Sie hatte die Briefe heute Morgen noch einmal durchgelesen. Alle. Sie nahm den Stapel, legte das Band herum und verschnürte ihn. Die Schleife, mit der sie die Briefe zu einem

Bündel zusammengebunden hatte, sah schön aus, fand Sondra.

Sie legte den Stapel aufs Bett und tastete dann nach dem Handy in ihrer Tasche. Sie hatte es seit gestern Abend nicht aus den Augen gelassen. Die ganze Nacht hatte es unter ihrem Kopfkissen gelegen. Es hatte nicht geklingelt und eine SMS war auch nicht gekommen. Das war ein gutes Zeichen, fand Sondra. Es gab nichts mehr zu überlegen.

Sondra stand im Flur und betrachtete sich in der Spiegeltür von ihrem Kleiderschrank.

„Willst du noch weg?“, fragte ihre Mutter aus der Küche. „Ich habe Kuchen besorgt. Ich dachte, wir könnten noch zusammensitzen und ein bisschen quatschen.“

„Heute nicht“, meinte Sondra und zupfte an ihrem Pullover herum. Der war von Oma Pfalz.

„Und wo willst du hin?“, fragte Sondras Mutter und kam in den Flur.

Sondra schaute ihre Mutter für einen langen Moment im Spiegel an. „Heute treffe ich ihn!“, sagte sie dann leise.

Sondras Mutter zögerte kurz. Dann schlang sie von hinten ihre Arme um Sondra und schaute sie im Spiegel an. „Dann wünsche ich dir, dass er wirklich kommt“, sagte sie.

Sondra saß auf der Bank unter dem Baum und hielt die Augen geschlossen. Der Wind spielte in ihren Haaren und die Sonne wärmte ihr Gesicht.

„Hilf mir, Gott“, flüsterte sie in die Stille um sie herum.

Das Eisentor vorne an der Straße quietschte.

Dann hörte Sondra langsame Schritte im Kies. Und jeder Schritt im Kies rief Bilder in ihr wach. Sie sah den Mann, der im Streichelzoo ein Bild von ihr machen wollte, und den Mann, der ihr den Pferdeballon und die große Portion Popcorn hinhielt. Sie sah den Mann, der nach ihrer Zuckerwatte und in der Bäckerei nach einer Sonntag fragte. Sie sah den Mann, der sie bei der Aufführung des Theaterstücks in der Schule für das Käseblättchen interviewt hatte und den Mann, der bei der

Fahrradprüfung an der Ampel gestanden und ihr die Richtung gezeigt hatte. Und sie sah den Mann ...

Die Schritte im Kies stoppten kurz vor der Bank. Sondra öffnete die Augen.

„Hallo, Sondra", sagte der Mann in dem langen, grauen Mantel, der vor ihr an der Bank stand. Im Knopfloch trug er eine rote Rose.

„Ich bin Klaus", sagte er und streckte Sondra die Hand entgegen.

Sondra sah, dass seine Finger zitterten.

„Nein", sagte Sondra. „Du bist mein Papa."

Und dann sprang sie auf und stürzte sich an seiner ausgestreckten Hand vorbei in seine Arme.

Der Mann in dem langen, grauen Mantel begann zu weinen. Die Tränen liefen ihm über die Wangen. Seine Arme hatte er fest um seine Tochter geschlossen.

Sie standen lange so da.

Sie spürten nicht, wie der Wind in ihren Haaren spielte.

Sie bemerkten nicht, wie die Wolken über den Himmel zogen.

Sie sahen nicht, wie die Sonne mit ihren Strahlen auf der Wiese Muster malte.

Sie hörten nicht, wie Fürst Pückler mit Käpt'n Bismarck durch den Park spazierte, sie erstaunt ansah und sich schwor, nie wieder in diesen seltsamen Park zu kommen.

Sie standen einfach nur da.

„Es muss ein Wunder geschehen sein", sagte Sondras Vater, als sie später auf der Bank unter dem Baum saßen. „Ich war am Freitag nämlich schon am Bahnhof und wollte weg. Ich hatte die Fahrkarte bereits gekauft. Weißt du eigentlich, wie oft ich in meinem Leben davongelaufen bin?"

„So ungefähr", meinte Sondra.

„Dieses Mal ging es nicht. Ich konnte nicht. Ich kann dir gar nicht sagen, was passiert ist", sagte er und holte tief Luft.

„Ich bin dir passiert, ist doch klar", sagte Sondra.

„Ich saß die ganze Nacht da. Und dann habe ich am Samstagmorgen meinen Koffer genommen und habe die Fahrkarte in den Papierkorb geworfen." Sondras Vater zögerte. Dann sagte er nachdenklich: „Ich war viel zu lange weg."

„Nein", sagte Sondra leise. „Du warst immer schon da. Ich habe es bloß nicht gewusst und dich einfach nicht erkannt."

„Stimmt", sagte Sondras Vater, „ich habe immer zu deinem Geburtstag und zu Weihnachten ein paar Tage in Deutschland verbracht. Und ich habe mir eine Menge einfallen lassen, um dir wenigstens für einige Augenblicke nah zu sein."

Sondra erinnerte sich bei seinen Worten an die kurzen Begegnungen im Zirkus, im Zoo und auf dem Rummelplatz.

Plötzlich stand sie auf und machte die paar Schritte zum Mülleimer neben der Bank. „Warte mal", sagte sie. Mit spitzen Fingern schob sie eine Zeitung, eine Coladose und ein paar zerknüllte Taschentücher beiseite. Dann fand sie, wonach sie gesucht hatte. Sondra nahm die kleine Rose, die sie vor zwei Tagen weggeworfen hatte, aus dem Mülleimer und drehte sich um.

„Vergiss es nie und zweifle nicht daran: Ich habe dich von ganzem Herzen lieb", sagte Sondra und gab ihrem Vater die Rose.

Für die Zeit auf deinem Ast

Welche Briefe, die du bekommen hast, willst du unbedingt aufheben?
Warum will Klaus seiner Tochter nur die Hand geben?
Hast du schon mal das Wunder erlebt, dass ein Mensch sich verändert?

40. Die Bank unter dem Baum und zwei Stimmen auf dem Weg in den Himmel

(Sonntag, 21.02., Abend)

Sondra saß noch auf der Bank, als Robinson das Eisentor zum Park aufstieß. Dann nahm er seine Krücken wieder in beide Hände und kam in den Park gehumpelt.

„Was machst du denn hier, Robinson?“, rief Sondra quer durch den Park und winkte ihm zu.

„Ich musste einfach herkommen“, sagte Robinson, als er bei der Bank angekommen war. „Mir hat die Stille gefehlt und der Himmel. Es ist ja kaum auszuhalten in meinem Keller.“

Er setzte sich schwerfällig zu Sondra auf die Bank und legte seine Krücken neben sich. Dann legte er seinen Kopf in den Nacken und schaute in den Himmel.

Es war sehr lange still im Park.

„War er hier?“, fragte Robinson.

„Woher weißt du, dass wir uns heute getroffen haben?“, wunderte sich Sondra.

„Du hast eine Rose in der Hand und riechst nach Rasierwasser“, grinste Robinson. Mit Rasierwasserduft kannte er sich aus.

Sondra lächelte, als sie daran dachte, wie ihr Vater beim Abschied seine Rose aus dem Knopfloch genommen und ihr gegeben hatte.

„Er war da“, sagte Sondra. „Eigentlich war er immer schon da. Ich habe es bloß nicht gewusst.“

„Was habt ihr euch erzählt?“, wollte Robinson wissen.

„Alles“, meinte Sondra. „Und dazu haben wir gar nichts sagen müssen.“

Sie schwieg.

„War er bei dir?“, fragte Sondra.

„Woher weißt du, dass wir uns heute getroffen haben?“, wunderte sich Robinson.

„Du hast keine Rose in der Hand und riechst auch nicht nach Rasierwasser“, stellte Sondra fest. „Hätte mich allerdings auch gewundert, wenn Sven sich schon rasieren würde und zu einem Besuch bei dir Rosen mitbrächte.“ Sie lachte. „Weil ich gestern dabei war, als du ihn angerufen hast. Dein Hirn hakt ein bisschen, seitdem du was auf die Stirn bekommen hast, wie?“

„Ach ja“, grinste Robinson. Dann seufzte er.

Es hörte sich so an, als wäre er erleichtert, fand Sondra.

„Er war da“, sagte Robinson. „Sven wird immer da sein. Ich meine, irgendein Sven wird wohl immer in meinem Leben vorkommen.“

„Was habt ihr euch erzählt?“, wollte Sondra wissen.

„Ich habe ihm gesagt, dass ich ihn gerne umarmen würde“, kicherte Robinson los.

Sondra kicherte mit. „Was hat er geantwortet?“

„Er hat gemeint, dass ich sonderbar wäre“, sagte Robinson ernst. „Und das hat er wirklich so gemeint. Und dann ist er gegangen.“

„Du bist wirklich sonderbar, Robin Sondermann“, nickte Sondra. „Nein“, verbesserte sie sich. „Du bist ein kleines Wunder.“ Sie grinste. „Erinnerst du dich, als wir uns vor gut zwei Wochen hier zum ersten Mal getroffen haben?“

Robinson nickte und lächelte vor sich hin. Er wusste schon, was Sondra jetzt sagen würde.

„Ich habe dir erzählt, dass ich Papas Brief bekommen habe. Du hast gesagt, du und Gott würden mir helfen.“

„Stimmt“, meinte Robinson.

„Und du hast gesagt, es wäre ein kleines Wunder, dass wir uns getroffen haben.“

Robinson nickte wieder.

„Du hattest recht“, sagte Sondra schlicht.

Dann schwieg sie.

„Kannst du eigentlich singen, Sonntag?“, fragte Robinson plötzlich und grinste breit.

„Na klar“, sagte Sondra. „Krumm und schief singen klappt prima.“

„Das trifft sich gut“, lachte Robinson. „Kennst du ‚When Israel was in Egypt's land‘?“

„Und wie“, nickte Sondra und grinste.

„Schmutzig muss es klingen“, lächelte Robinson und wurde ernst. „Wenn es nicht richtig schmutzig klingt, kann man nicht hören, wie viel es kosten kann, Freiheit geschenkt zu bekommen.“

Lange Zeit saßen Robinson und Sonntag auf der Bank unter dem Baum und sangen. Es klang schmutziger, als Robinson es je alleine gesungen hatte.

Als die beiden den Eindruck hatten, es sei genug, legte Sondra den Kopf in den Nacken. Es war so, als würde sie den verklingenden Worten hinterherschauen. Dann drehte sie sich zu Robinson um.

„Stört es dich, wenn ich kurz alleine auf unseren Baum steige?“

Robinson schüttelte den Kopf.

Sondra stieg auf die Bank und fasste nach dem dicken Ast, der direkt über ihr vom Stamm abzweigte. Wie Treppenstufen lagen die Äste vor ihr. Stufen in den Himmel. Mit jeder Stufe, die sie langsam erklomm, war es ihr, als würde der Himmel ihr näherrücken. Schließlich war sie oben angelangt.

Sie setzte sich auf den Ast im Wipfel und lehnte sich an den Stamm. Dann schloss sie die Augen. „Danke, Gott, für alles!“

Für die Zeit auf deinem Ast

Was meint Robinson, wenn er sagt, dass es immer einen Sven in seinem Leben geben wird? Warum denkt Sondra, dass Robinson sonderbar ist? Für was bist du Gott dankbar?